Dietmar Bittrich
Originelle Fotos 220

Siegfried Lenz
Unter Dampf gesetzt 225

Die Autoren 243

W0040876

Inhaltsverzeichnis

Dora Heldt
Der perfekte Sommer   9

Wladimir Kaminer
Ibiza   19

Ewald Arenz
Camping   30

Anne B. Ragde
Regenferien in Norwegen   34

Daniel Glattauer
Hitze, was nun?   49

T. Coraghessan Boyle
Windsbraut   51

Rafik Schami
Eine deutsche Leidenschaft namens
Nudelsalat   76

Jess Jochimsen
Sein schönstes Ferienerlebnis   84

Alex Capus
Eigermönchundjungfrau   88

Annette Petersen
Million Dollar Mama   104

Uwe Timm
Versuch über eine Ästhetik des
Spaghetti-Essens   124

Moritz Fichtner
Die Espe hat geflüstert   129

Arnold Küsters
Frühstück in Eutin   145

Asta Scheib
Glück vom Odeonsplatz   157

Doris Lessing
Durch den Tunnel   169

Michal Viewegh
Der Schicksalswürfel   192

Jutta Profijt
Cappuccino mit einem Fremden   209

Dora Heldt

Der perfekte Sommer

Ich gelte in meinem Freundeskreis als Reisemuffel. Das kommt daher, dass ich mich weigere, meinen Sommerurlaub woanders als auf Sylt zu verbringen. Es ist nicht so, dass ich es nicht schon versucht hätte, aber an der Algarve, auf Fuerteventura oder auf Sizilien habe ich nie das gefunden, womit ich aufgewachsen bin: dieses perfekte Sommergefühl. Das habe ich nur auf Sylt.

Wie fast alle Sylter hatte meine Großmutter früher in ihrem Haus, in dem heute übrigens meine Eltern leben, Zimmer vermietet. Für heutige Verhältnisse unvorstellbar, waren die hundert Quadratmeter Wohnfläche doch so aufgeteilt, dass zehn Feriengäste gleichzeitig mit uns ihre Ferien dort verbringen konnten. Meine Familie wohnte damals auf dem Festland, aber in den Ferien waren wir immer bei meiner Großmutter. Meine Eltern schliefen dann mit meiner jüngeren Schwester in einem Einzelzimmer, und mein Bruder und ich hat-

9

ten ein Etagenbett im ehemaligen Kohlenschuppen. Das war ein winziger Raum, in den nur dieses eine Bett passte. Die Tür des Zimmerchens ging nach außen auf. Bevor sich die Gäste morgens an uns vorbei zum Frühstücken ins Gartenhaus begaben, schloss meine Großmutter uns kurzerhand ein, aus Furcht, einer von uns könnte einem zahlenden Urlauber aus Versehen die Tür vor den Latz knallen. Ich wachte also jeden Morgen von dem Geräusch eines sich drehenden Schlüssels auf. Dann war es acht Uhr. Aber das war in Ordnung so. Wir fuhren schließlich nicht nach Sylt, um zu schlafen.

Der erste morgendliche Anblick war immer meine Mutter, die in der Küche zwischen drei laufenden Kaffeemaschinen saß und Brötchen schmierte. Massen an Brötchen. Die wurden übrigens beim Milchmann um die Ecke gekauft, damals gab es ihn noch. Er hieß Willy und kannte jeden Kunden mit Namen. Eine Zeit lang hatte er einen Brötchenbringdienst angeboten, doch der wurde nach kurzer Zeit wieder eingestellt, weil die freilaufenden Schafe die Brötchentüten vor den Haustüren klauten. Danach ging man wieder zu Willy in den Laden.

Zwischen dem Frühstücksdienst für die Gäste und der Tagesvorbereitung meiner Eltern entstand jeden Morgen eine leichte Hektik, in der meine Geschwister und ich uns bemühten, niemandem im Weg zu stehen. Am besten setzte man sich schon ins Auto, in das mein Vater die Taschen schob, die von meiner Mutter nach und nach auf die Straße gestellt wurden. Spätestens um halb neun fuhren wir los. Zum Strand. Jeden Tag, wenn das Wetter es halbwegs zuließ. Deshalb waren wir hier. Darüber gab es keine Diskussion.

Es war auch äußerst wichtig, dass man am Tag der Anreise, gleich nach dem Auspacken, sofort Richtung Ellenbogen fuhr. Das war einfach so, da gab es keine Ausnahme. Immerhin ging es um die beste Stelle am Strand. Um den Ort, an dem sich in den nächsten Wochen der Großteil unseres Lebens abspielen würde. Die Stelle musste perfekt sein. Berücksichtigt wurden die Strandbreite, also die Entfernung zum Flutsaum, die Anzahl der Sandbänke bei Ebbe, die Länge des Übergangs vom Parkplatz, die Sandbeschaffenheit, die Form der Dünen und das Vorhandensein von Buhnenresten. Wir haben selten länger als fünfzehn Minuten dafür gebraucht, was wohl an der Dichte dieser besten Stellen lag, aber auch an unserer Erfahrung.

Die Stelle wurde sofort mit irgendwelchem Strandgut markiert und danach wochenlang gegen Fremde verteidigt. Deshalb mussten wir auch immer um halb neun los. Damit wir die Ersten waren. Tag für Tag.

Natürlich waren wir nicht allein. Wir hatten durchaus etwas übrig für Geselligkeit, es waren schließlich Ferien. Wir waren elf Kinder und vierzehn Erwachsene. Neben meinen Eltern, meinen Geschwistern und mir traf sich auch der Rest der Sylter Familie an der perfekten Stelle: nämlich meine Tante, mein Onkel, meine beiden Cousinen, die Hamburger Feriengäste meiner Tante (zwei Erwachsene, zwei Kinder), die Sylter Freunde meiner Tante (zwei Erwachsene, drei Kinder) und deren Dortmunder Gäste (zwei Erwachsene, ein Kind) und weitere Freunde (zwei Erwachsene, manchmal ein Hund).

Alle sammelten sich etwa zeitgleich auf dem Parkplatz an der perfekten Stelle. Wir Kinder standen in einer Reihe und wurden mit den leichteren Taschen, Schwimmringen und Bademänteln behängt. Die Erwachsenen teilten die schweren Säcke mit Windschutzplanen, Stangen, Heringen und Werkzeug, die Kühltaschen (pro Familie zwei plus eine für Getränke), die Badetaschen (deren Gewicht ich mir auch nach all den Jahren nicht erklären kann) und die Sachen, die kaputtgehen konnten (Sonnenbrillen, Fotoapparate und Super-8-Kamera), unter sich auf. Dann zogen wir in einer Karawane über die Dünen. Eine endlose Schlange, in der das eine oder andere Kind sich schon mal vor lauter Erschöpfung im weichen Sand zur Seite kippen ließ. Man blieb aber nur einen kleinen Moment liegen. Wenn der letzte Erwachsene mit dem knappen Satz »Wir holen dich heute Abend dann wieder hier ab« über einen hinweggestiegen war, war die Aussicht auf den Sprung ins kalte Wasser doch größer als die Unlust, die immer schwerer werdenden Taschen durch den Sand zu schleppen.

An der perfekten Stelle angekommen blieben wir Kinder in angemessenem Abstand im Sand sitzen, während die Väter generalstabsmäßig die Stangen, Heringe, Seile und Windschutzplanen in Reihe brachten. Unterbrochen von Anweisungen wie: »Also, wenn du das weiter so blöde hältst, sind wir heute Abend noch nicht fertig«, oder: »Der Wind kommt von der anderen Seite, die erste Stange kommt da vorn hin«, oder: »Nimm den Fuß weg, da soll der Hering rein«, wurde ein Areal abgesteckt, in dem anschließend zehn Decken, zwanzig Handtücher, Unmengen von Taschen und Strandspielzeugen verteilt wurden. Schaufeln mussten wegen der Verletzungsgefahr draußen bleiben. Die Aufbauzeit reduzierte sich im Laufe des Sommers von fünfundvierzig auf zwanzig Minuten. Alles Übungssache.

Und dann begann der Strandtag. Wir hatten genug Programm, es war nie langweilig. Wir sammelten Steine, aus denen abends Männchen geklebt wurden, Seesterne, die dann auf den Fensterbänken trockneten und nicht besonders gut rochen. Die älteren Kinder schwammen bis zu den Sandbänken, wo wir auf Schollen traten und später den immer länger gewordenen Weg zum Strand zurückmussten. Zwischendurch wurde man mit Sonnenmilch aus gelben Flaschen eingerieben, spuckte die Kerne von Wassermelonen in den Sand und wischte mit Handtüchern Eier und Brötchen sauber, weil immer mindestens eine Kühltasche umkippte.

Burgen bauen war eine der Hauptbeschäftigungen. Neben den normalen Strandburgen der kleinen Kinder gab es auch architektonische Wunderwerke der größeren, die aber nie richtig gewürdigt wurden.

»Mama, Petra hat meine Küchenwand eingetreten.«

»Kind, geh doch außen rum.«

»NEIN. Das ist ein Wintergarten.«

Die Erwachsenen sammelten Strandgut und errichteten damit einen Holzverschlag, auf den meine Tante später gelbe Tintenfische und rote Fische malte. Als sie auch noch zwei Sonnenschirme aufstellte, sah es aus wie eine kubanische Strandbar, einige Strandbesucher wollten bei uns Getränke kaufen, sie bekamen sie umsonst. Wir hatten ja so viel dabei.

Während mein Bruder aus den übrig gebliebenen Heringen und Seilen eine Hochsprunganlage baute, an der er den Fosbury-Flop übte, die Dortmunder anfingen, den diesjährigen Rekord im Beachball aufzustellen, meine Cousine und ich in Jeans baden gingen (in der »Bravo« hatte gestanden, dass sie dann besser sitzen), meine Schwester von den Hamburgern eingegraben wurde (»Nur bis zum Hals, hört ihr, sie soll noch Luft kriegen«) und meine kleine Cousine mit ihren Sylter Freunden alle Bademantelgürtel verknotete, lagen die Erwachsenen hinter dem Windschutz, lasen Zeitungen, lachten, sonnten sich und hoben erst den Kopf, wenn ein Kind so heulte, als ob tatsächlich etwas passiert wäre. Es passierte aber nie etwas Schlimmes, wenn man von Sand in den Augen, versehentlichen Treffern beim Quallenweitwurf oder kleineren Handgemengen wegen eingetretener Wände absah. Alle halbe Stunde wurden Kühltaschen geöffnet und Essen verteilt, man wollte ja abends nichts Schweres zurückschleppen. Ab mittags tranken die Erwachsenen Korn-Sauer (Korn mit Bitterlemon), die Stimmung wurde immer fröhlicher, trotzdem vernachlässigte niemand seine Aufsichtspflicht. Onkel Paul blieb nüchtern und erklärte sich bereit, auf die kleinen Kinder aufzupassen, die baden wollten. Er lief am Strand auf und ab und zählte ständig die orangefarbenen Schwimmflügelpaare durch, die in den Wellen tanzten. Er war übrigens der einzige Nichtschwimmer. Ging aber immer gut.

An manchen Tagen sah das Wetter morgens so schlecht aus, dass andere Pläne gemacht wurden. Wir sind in Regenjacken über die Wanderdüne marschiert, haben am Morsumer Kliff Mauersegler beobachtet und ein tagelang am Strand gebautes Modellflugzeug fliegen lassen (nach drei Metern am Kliff zerschellt), haben am Bahndamm die Farben der Autos auf dem Autozug gezählt (damals gab es tatsächlich nicht nur große schwarze Autos, sondern auch noch kleine bunte), sind nacheinander die eingegrabenen Stufen am Roten Kliff in Kampen hinuntergeklettert und haben bei diversen Kinderfesten Preise abgeräumt. Meine Schwester wurde tatsächlich Kurkönigin in ihrer Altersklasse. Mit sieben. Da war das auch einfach. Ich wurde nur Dritte beim Fischestechen). Manchmal sahen wir ›Dumbo, der fliegende Elefant‹ im Lister Urwaldkino oder kauften Krabben auf dem Kutter, die wir dann im Gartenhaus meiner Tante stundenlang pulten.

Aber egal, wo wir gerade waren und was

wir taten, sobald der Himmel aufriss und die Sonne kam, ließen wir alles stehen und liegen, fuhren in einer affenartigen Geschwindigkeit nach Hause, packten unsere Sachen und kamen alle zeitgleich und aufgeregt am Parkplatz vor der perfekten Stelle an. Ohne Absprache. Aber deshalb waren wir ja hier. Das war Sommer.

In den letzten Jahren hat sich viel verändert. Es werden keine Strandburgen mehr gebaut, der altmodische Windschutz ist kaum noch zu sehen, das Urwaldkino ist geschlossen. Die Insel wird jedes Jahr voller, die Restaurants teurer und die Hotels größer. Wir Kinder von damals brauchen keine Schwimmflügel mehr, und meine Schwester wird seit Jahren nicht mehr eingegraben. Aber in jedem Sommer geht es wieder los. Die Suche nach der perfekten Stelle. Und wir finden sie jedes Jahr wieder. In höchstens fünfzehn Minuten. Und dann ist Sommer.

Wladimir Kaminer

Ibiza

Meine ganze Familie freute sich auf den bevorstehenden Urlaub. Über Pfingsten hatten wir zehn Tage auf Ibiza gebucht. Auf dem kleinen Foto im Reiseprospekt sah unsere Ferienoase nicht übel aus: ein kinderfreundlicher Club namens »Gala Pala« mit hauseigenem Strand, unzähligen Sportangeboten, Kinderbetreuung und Minidisko jeden Tag. Was braucht man mehr? Nur meine Frau machte sich ein wenig Sorgen des Fluges wegen. Von ihrer Flugangst geplagt, suchte sie sogar nach alternativen Möglichkeiten, um Gala Pala zu erreichen.

»Irgendwie haben es die Menschen früher doch auch geschafft, in den Urlaub zu fahren, ohne ein Flugzeug zu besteigen. Sie sind zum Beispiel mit Titanics rübergeschwommen.«

»Aber Liebling«, entgegnete ich, »die Zeiten sind längst vorbei, es gibt keine Titanic-Strecke nach Gala Pala. Selbst wenn es sie gäbe, würde allein die Fahrt dorthin mindestens zwei Wochen dauern, und wir haben nur zehn Tage Zeit!«

Meine Frau ging zum Allgemeinmediziner und erkundigte sich nach einem wirksamen Mittel gegen Flugangst. Der Arzt nahm eine große gelbe Packung vom Regal.

»Ich möchte Ihnen dies hier empfehlen, das nehme ich selbst immer mit auf die Reise. Direkt vor dem Abflug eine Pille schlucken, danach dürfte Ihnen alles egal sein.«

Er klang überzeugend. Kurz vor dem Abflug nahm meine Frau eine Tablette aus der gelben Packung. Ich nahm gleich zwei – aus Solidarität. Das Zeug schien tatsächlich zu funktionieren, die Konzentrationsfähigkeit ließ sofort nach. Unsere Kinder, die medikamentfrei flogen, zappelten die ganze Zeit herum, mal wollten sie malen, dann aufs Klo, dann etwas trinken. Uns war alles egal. Nach zwei Stunden landeten wir auf Ibiza. Der Bustransfer zum Hotel dauerte fast länger als unser Flug. Wir versuchten, die Tabletten, die ursprünglich gegen die Flugangst bestimmt waren, auch gegen den Bustransfer einzusetzen. Es funktionierte. Der Bus fuhr rauf und runter, rauf und runter, hielt vor jedem kleinen Hotel auf der Insel und brachte eine

Rentnergruppe zum örtlichen Hafen, wo sie auf eine kleine Titanic in Richtung Formentera umgelagert wurde. Die restlichen Touristen nervten den Busfahrer mit Fragen: Warum Gala Pala Gala Pala heiße und wann man endlich dort sei. Uns war alles egal, auch wenn unsere gebuchte Ferienoase sich als die letzte Busstation erwies.

Gleich am ersten Tag mussten wir die Erfahrung machen, dass im Reiseprospekt nicht die ganze Wahrheit über diesen Club gestanden hatte beziehungsweise einiges von uns falsch interpretiert worden war. Nirgendwo war zum Beispiel erwähnt gewesen, dass dieses Gala Pala ein traditioneller Schwabentreffpunkt war. Alle zweihundert Urlauber kannten sich untereinander, sie kamen jedes Jahr zu Pfingsten nach Gala Pala, um tagsüber Volleyball zu spielen, sich abends Transvestiten-Shows anzugucken und um überhaupt die schwäbische Sau unter der heißen spanischen Sonne rauszulassen.

Den hauseigenen Strand mit kostenlosen Liegen und Schirmen gab es in Gala Pala tatsächlich, nur befand er sich nicht am Meer, wo man ihn vermuten würde, sondern zwischen einem Fußball- und einem Tennisplatz:

direkt unter unserem Fenster. Wie versprochen, hatten wir ein Zimmer mit Meerblick bekommen, leider konnte man vom Meer nichts sehen, weil ein anderes Gebäude davorstand. Unsere Medizin war alle, wir regten uns tierisch auf.

Die Tagesordnung in Gala Pala unterschied sich von der in anderen Ferienoasen nicht im Geringsten. Um achtzehn Uhr dreißig fing das Abendessen an. Schon um sechs versammelten sich die hungrigen Schwaben vor dem Restaurant. Als gut erzogene Europäer bildeten sie erst einmal eine hübsche Schlange am Eingang, und die Familienväter schickten ihre kleinen Kinder los, um die besten Plätze an den besten Tischen zu reservieren. Die Alleinstehenden kamen dafür als Erstes rein und verdrängten die frechen Kinder von den Tischen.

Das Abendessen in Gala Pala war auch eine Art Freizeitaktivität, vergleichbar mit Fußball oder Volleyball. Sinn dieses sportlichen Wettbewerbs war es, den besten Platz in der Schlange vor dem Buffet mit dem Gegrillten zu erobern, dann mit einer Hand immer neue Teller hervorzuzaubern und mit der anderen die besten Stücke an Familie und Freunde weiterzureichen. Die Gewinner bei diesem Wettbewerb waren immer dieselben: das dicke Mädchen mit dem Adlertattoo auf dem Rücken; der Mann mit dem Kaiser-Schnurrbart und der Seemannsmütze auf dem Kopf sowie seine Lebensgefährtin, eine kleine Zweizentnerfrau in Bikini und Minirock; außerdem der alleinerziehende Vater mit zwei Töchtern. Sie standen schon um halb sechs vor dem Restaurant stramm.

Wie ein Bienenschwarm flogen die Urlauber durch die Restauranträume. Die Kinder mischten Apfel- und Orangensaft, die Erwachsenen gossen Weine verschiedener Farben in große Karaffen. Nur leere Fässer und Schweineknochen blieben jedes Mal zurück. Ein richtiges Fest der Sinne für den, der es mag.

Nach dem Essen ging die Minidisko los: Superman, Agadoo und Weo-Weo. Als Abschlusslied wurde immer ein Titel der »Kiddys Corner Band« aufgelegt: ›Wir fahren mit der großen Eisenbahn.‹ Die Kinder bildeten einen Zug, die Eltern einen Tunnel. Der Zug fuhr los und kam nicht wieder auf die Bühne. »Gute Nacht, Kinder, geht ganz schnell schlafen, wir müssen die Bühne für das Erwachsenenprogramm vorbereiten«, winkten die Animateure den Kiddys hinterher.

Dieses Erwachsenenprogramm mieden wir immer, weil wir die Reste davon noch nach Mitternacht von unserem Balkon aus beobachten konnten. Nur einmal wagten wir uns zur großen Travestie-Show – mehr aus Schadenfreude als aus Neugier.

Am Anfang war es ziemlich lustig. Der Animateur Sven zog sich Frauenschuhe mit hohen Absätzen, ein Frauenkleid und eine Perücke an. Dabei jonglierte er mit Biergläsern und sang ein mir unbekanntes Lied. Die Animateurin Lisa zog sich Männerklamotten an und tanzte Flamenco. Die Zuschauer amüsierten sich über alle Maßen.

Danach tanzten die am meisten enthusiasmierten Aktivurlauber. Es waren die Gewinner bei den Abendessen. Der alleinstehende Vater tanzte mit der Animateurin Lisa, der Seemann-Bart mit dem Minirock, das dicke Mädchen mit dem Tattoo auf dem Rücken kreiste um sich selbst. Die Familienväter und -mütter gingen schlafen. Die alleinstehenden Männer blieben und bildeten eine Reihe an der Theke. Sie sammelten erotische Erlebnisse für die Nacht und hofften, dass noch etwas passieren würde: dass die Animateurin Lisa noch einmal Flamenco tanzte, dass die Zweizentnerfrau im Minirock ihren Seemann verließ oder ein weiteres Mädchen mit Tattoo auf dem Rücken auftauchte, vielleicht sogar zwei. Es passierte aber nichts mehr. Irgendwann machte der Animateur Sven die Musik aus, und die Tänzer gingen nach Hause. Sie mussten früher als die anderen aufstehen, um die Frühstücksschlange zu organisieren. Die Alleinstehenden an der Theke schauten ihnen traurig hinterher.

Am Vormittag, wenn die Sonne besonders stark brannte, versteckten sich die meisten im Schatten der Bar oder blieben auf ihren Zimmern vor dem Fernseher mit deutschem Programm. Nur Familien mit Kindern gingen zum Strand. Nicht zum schicken Hotelstrand am Fußballplatz, sondern zum richtigen kleinen Strand am Meer, der von einem pensionierten spanischen Piraten überwacht wurde. Er lief mit einem großen leeren Bierglas in der Hand durch die Gegend und kassierte für Schirme und Liegen. Umsonst waren der Sand, das kristallklare Wasser und natürlich die Sonne.

Am Nachmittag belagerten Leute in Taucheruniform den Strand. Sie gingen mit schweren Sauerstoffflaschen, Bleigürteln und Unterwasser-Fotoapparaten ins Meer und kamen erst zum Abendessen wieder zurück. Müde, aber glücklich erzählten sie von den wunderbaren farbigen Fischen, Korallen und versunkenen Wracks, die sie angeblich unter Wasser besichtigt hatten. Sie zeigten einander ihre Fotos, auf denen leider gar nichts zu sehen war.

Der Tauchkurs »Die Wunder des Unterwasser-Cañons« für fünfzig Euro am Tag begeisterte immer mehr Urlauber. Die Nichttaucher durften dafür kostenlos eine große Qualle beobachten. Tag für Tag schwamm sie direkt ans Ufer und fiel jedes Mal einer anderen Kinderclique zum Opfer, was ihr allerdings nichts auszumachen schien. Am ersten Tag wurde sie von den zwei Töchtern des alleinerziehenden Vaters entdeckt. Er war gerade aus dem tristen Alltag in die schöne Welt der Literatur geflüchtet und blätterte genüsslich in der Autobiografie des Autors Effenberg, ›Ich hab's allen gezeigt‹, als ihn seine Kinder überfielen.

»Guck mal, was wir gefunden haben«, schrien die Töchter und drückten ihm das klebrige Tier an die Brust. In der Sonne fing die Qualle sofort an, sich auf dem Vater aufzulösen.

»Werft sie sofort ins Wasser zurück, aber schnell!«, rief der Vater streng und schaufelte mit dem Effenberg-Buch die Qualle von seiner Brust.

Am nächsten Tag wurde dasselbe Tier von spanischen Minderjährigen entdeckt. Sie steckten die Qualle in einen Eimer und übergossen sie mit Coca-Cola. Einigen Erwachsenen gelang es schließlich, sie zu befreien. Die Qualle blieb aber trotzdem am Ufer und beeindruckte alle Vorbeigehenden mit ihrer neuen Farbe. Unter dem Einfluss der Cola war sie violett geworden. Wahrscheinlich konnte sie die giftigen Farbstoffe nicht verdauen. Meine lieben Kinder wollten dem Tier helfen, seine natürliche durchsichtige Farbe wiederzugewinnen. Zu diesem Zweck beschlossen sie, die Qualle in Sprite einzulegen. So klug können nur Kinder sein. Um sie vor weiteren klugen Kindern zu retten, brachte ich die Qualle so weit in das Meer, wie es nur ging. Sollte sie doch als lebende Coca-Cola-Werbung die Taucher im Unterwasser-Cañon erschrecken!

Nach einer Woche Urlaub merkten wir, wie die gesamte Ferienkolonie langsam durchdrehte. Beinahe neunzig Prozent aller Urlauber hatten sich inzwischen bei Dieters Tauchschule angemeldet. Im Kinderbecken lagen Rentner mit Masken, Flossen und Schnorcheln, die eine Gratis-Schnupperstunde bei Dieter gebucht hatten. Sie bereiteten sich so auf die Tiefsee vor. Die bereits Geschulten standen in Taucheranzügen am Strand Schlange, da die Boote nicht alle Kursteilnehmer auf einmal mitnehmen konnten. Abends bei der Minidisko erzählten sie einander ihre Taucherlebnisse. Unsere Familie schien dem allgemeinen Taucherwahn gut zu widerstehen. Die Zeit zwischen dem Frühstück und dem Abendessen verbrachten wir am Strand, nach der Minidisko gingen die Kinder ins Bett, wir mixten uns Cocktails auf der Terrasse mit dem versperrten Meerblick, spielten Karten und stritten uns gelegentlich über den Wochentag.

»Heute ist Mittwoch«, sagte meine Frau, »noch zwei Tage, und wir fliegen nach Hause.«

»Heute ist doch erst Montag, niemals Mittwoch«, entgegnete ich, »gestern gab es nämlich Sardinen, und Sardinen gibt es hier immer sonntags.«

Wir schalteten den Fernseher ein, um den wahren Wochentag zu erfahren. Es war viel los auf der Welt: Deutschland spielte gegen Schottland um eine Qualifikation bei der EM, in Berlin wurde der Deutsche Filmpreis an den Mutti-Thriller ›Good Bye, Lenin!‹ vergeben, der FDP-Politiker Möllemann seilte sich mit einem Fallschirm aus viertausend Metern Höhe endgültig ab – nur welchen Wochentag wir hatten, wurde nirgendwo berichtet.

»Ist im Grunde auch egal«, gab meine Frau nach, »diese Wochentage sind sowieso alle ausgedacht, ob Montag oder Mittwoch, bald kommt auf alle Fälle der ›Wir-fahren-nach-Hause-Tag‹. Dann werden wir uns von diesem Urlaub erst mal richtig erholen.«

Ewald Arenz

Camping

Wir waren aus dem Auto gestiegen. Eben ging die Sonne über dem Meer unter und tauchte den Campingplatz in ein warmes, rotes Licht, das sich freundlich im Wasser spiegelte. Das Wasser stammte von dem Gewitter, das sich eben verzog, und in diesem Wasser standen die meisten Zelte jetzt ungefähr fußhoch. Unser Atem dampfte in der feuchtkalten Abendluft. Juliane hatte die Hosenbeine hochgekrempelt, bevor sie aus dem Auto gestiegen war. »Ich hätte im Auto nicht lesen sollen«, sagte sie schließlich. »Kann es sein, dass du Toskana mit Nordkap verwechselt hast?« Theo kurbelte das Fenster herunter, sah kurz zu, wie ein älteres Ehepaar seine Schlafsäcke auswrang, kurbelte das Fenster wieder hoch und sagte: »Ich schlafe im Auto.« Otto dagegen war nach zwölf Stunden Fahrt nicht mehr zu halten und hatte die Tür geöffnet, bevor Juliane »Nein!« schreien konnte. Er sprang aus dem Auto, ohne sich umzusehen, landete klatschend im Wasser, rutschte aus und schlitterte in einer schmutzigen Fontäne zwischen die Reifen. Als wir das Kind geborgen hatten, hätte Juliane ohne weiteres bei einem Wet-T-Shirt-Contest mitmachen können. Oder beim Schlammcatchen. Philly sah aus dem Fenster und öffnete seit zwölf Stunden das erste Mal den Mund: »Seht ihr«, sagte sie in mürrischer Schadenfreude, »das wäre alles nicht passiert, wenn wir nach Irland geflogen wären!« – »Philly«, sagte ich mühsam beherrscht, »es ist mir egal, dass dein Freund nach Irland geflogen ist. Du bist vierzehn. Urlaube werden mit der Familie verbracht!« – »Ich glaube nicht, dass man das hier als Urlaub bezeichnen kann«, sagte Juliane, nachdem sie ihr Gesicht getrocknet und sich auf dem verwüsteten Campingplatz umgesehen hatte, »manche Richter ordnen so was als letzte Resozialisierungsmöglichkeit vor der Haft an.« Ich holte tief Luft. »Hört zu«, sagte ich, so ruhig ich konnte, »ich bin zwölf Stunden gefahren. Währenddessen habe ich zwölf Stunden lang ›Freddy der Esel‹ und ›Love Letter‹ gehört. Gleichzeitig, weil Philly und Otto sich nicht einigen konnten. Und da Theo sich von gestern Abend bis heute Morgen von seinen Freunden und ihrem

Bier verabschiedet hat, mussten wir jede Stunde rasten. Ich glaube, wir haben 22 Euro für Toiletten ausgegeben. Und wenn dir nicht vom Lesen schlecht gewesen wäre«, wandte ich mich direkt an Juliane, »dann hätte ich etwas schneller als 90 Stundenkilometer fahren können und wir wären zwei Stunden vor dem Gewitter da gewesen und ...« – »Und außerdem bist du kein Wettergott«, ergänzte Theo trocken, »wissen wir schon. Leider. Sonst wäre ich Thors Sohn. Aber ich bin eben nur der Sohn eines Toren ...« Er hatte das Fenster wieder zu, bevor mein nasses Hemd ihn treffen konnte. Juliane pflügte durchs Wasser ein Hügelchen hoch, zu dessen Füßen die Ruinen eines Hauszeltes lagen. »Hier ist frei!«, rief Juliane, »und da hat jemand sogar seinen Gaskocher vergessen. Ich koche uns Tee. Komm endlich und bau das Zelt auf.« Die Kinder saßen im Auto und hörten gemeinsam ›Freddy der Esel‹, während ich den Zeltsack aus dem Kofferraum wuchtete. Als ich die Stangen an dem weggeschwemmten Hauszelt vorbei nach oben trug, hatte ich für einen Augenblick das Gefühl, als wäre da unter dem Berg Planen eine Bewegung gewesen, und vielleicht hätte ich die erstickten protestierenden Rufe verstanden, hätte Freddy der Esel nicht so laut gesungen. Aber so zuckte ich nur die Schultern und baute das Zelt auf. Ich hatte schließlich eine Familie zu versorgen. Als Juliane und ich spätabends noch ein Glas Wein tranken, sagte ich nachdenklich: »Ich mag Zelturlaub. Er ist so erholsam.« – »Ja«, sagte Juliane trocken, »Überlebenskampf ist immer erholsam. Für die Überlebenden.«

In den Planen am Fuße des Hügels zirpten die Zikaden in der lauen toskanischen Nacht.

Anne B. Ragde

Regenferien in Norwegen

Ich war damals Polizeichef in unserem Ort.
Jetzt bin ich zu alt, um etwas anderes zu tun,
als an die Ereignisse von damals zu denken.
Seltsamerweise habe ich das gute Gefühl, etwas geleistet zu haben, auch wenn manche
anders darüber denken mögen. Es ist jetzt
zwanzig Jahre her, und auch heute bin ich mir
noch sicher, dass wir richtig gehandelt haben.
Der Ort blüht. Davon profitiere auch ich, unser Altenheim hat genug Personal und ist gemütlich, und jeden Tag werden uns zum
Nachmittagskaffee frisch gebackene Waffeln
serviert. Und für all das kann ich mich bei
Arne Liabø bedanken, dem Wohltäter des
Ortes.

Arne Liabø galt als überaus geizig, weil er
unablässig für seine Beerdigung sparte. Das
wurde halb im Scherz gesagt, denn niemand
wollte es sich mit ihm verderben. Er war
spendabel, auf seine Weise, nämlich was
Schnaps und gute Zigarren anging. Bei sich
zu Hause lebte er spartanisch, auch wenn er

sich Chauffeur und Rolls-Royce hätte leisten können. Aber er fuhr mit dem Rad und pries seinen Schöpfer, weil er Junggeselle war.

»Ein Frauenzimmer würde mich auspressen wie eine Zitrone, um unser Heim mit unnützem Tinnef auszustaffieren«, sagte er oft. »Es ist besser, das Geld auf der Bank zu haben, da fühlt es sich wohler, als wenn es in Seidensofas und Silberkannen investiert wird.«

Das Einzige, was er sich gönnte, war seine treue alte Haushälterin, aber die kostete auch nicht sonderlich viel.

Bei Arne Liabø gab es keine halben Sachen. Seine Fabrik war ein Vorzeigeunternehmen wie kein anderes. Da stimmte alles: Vom bereitwilligen Einsatz des kleinsten Lagerarbeiters bis zu den mühsam erarbeiteten Absatzmärkten im Ausland. Er produzierte Möbel und verkaufte sie auch. Seine Fabrik wuchs unaufhörlich; irgendwann baute er sogar seine eigene Sägemühle. Schließlich kamen so viele Kunden und Geschäftspartner zu Besuch, dass er ein Hotel errichten lassen musste. Mit Bar, natürlich von internationalem Standard, mit vielen Flaschen, auf denen die verrücktesten Etiketten prangten.

Liabø war ein fetter und gutmütiger Brummbär, der gut einem Bauernmaler hätte Porträt sitzen können, dabei hatte er so gar nichts Bäurisches. Er besaß diese selbstverständliche Gelassenheit, die Reichtum oft mit sich bringt, die Gemütsruhe, die der Welt nichts zu beweisen braucht. Man kann das vielleicht auch mit der britischen Aristokratie vergleichen, mit dem Unterschied, dass die Briten von den Erinnerungen an die alte Kolonialmacht zehren, während Arne Liabø mitten in einem lebendigen Imperium saß. Alles geschah im Augenblick. Und als er eines Abends in der Hotelbar verkündete, er werde etwas »mit den langen Sommerabenden machen, um genügend zahlungswillige Hotelgäste herzulocken«, bezweifelte niemand auch nur für einen Moment, dass das Hotel in den nächsten Sommermonaten ausgebucht sein würde, noch ehe der Teufel sich die Schuhe angezogen hätte. Arne Liabø schnitt sich die Zigarrenspitze ab, zwirbelte seinen Schnurrbart und erzählte dem aufmerksamen Publikum, dass er »nach Deutschland« gehen wolle.

»Gehen?«, fragte ich.

»Nein, ich glaube fast, ich nehme das Rad«,

brüllte er, und sein Schmerbauch bebte. Er war ein Energiebündel, unser Arne Liabø. Und an jenem Abend war sein sechzigster Geburtstag nur noch eine Woche entfernt. Im Ort hieß es immer, sicher werde er eines schönen Tages einfach tot umfallen. Niemand wünschte sich das, und es schwang immer eine gewisse Ängstlichkeit mit, wenn man darüber redete. Er würde ja keinen Nachfolger hinterlassen. Was sollte aus der Fabrik, dem Sägewerk und dem Hotel werden? Der ganze Ort war von diesem einen Menschen abhängig. Sein Anwalt, Erik Hammerfors, lächelte nur hold, wenn dieses brisante Thema zur Sprache kam.

»Regt euch nicht auf«, sagte er immer. »Das findet sich schon. Arne hat das alles nicht umsonst aufgebaut. Regt euch nicht auf.«

Also regten wir uns nicht auf. Ich wusste, dass wir Erik Hammerfors' guten Rat getrost befolgen konnten. Denn ich wusste auch, dass der Ort einmal alles erben würde, und der Anwalt und der Polizeichef waren die Testamentsvollstrecker. Das Barvermögen sollte an einen Industriefonds fallen.

Aber jetzt wollte Liabø also erst einmal nach Deutschland gehen. Er erzählte uns seinen Plan, während die Schnapsflaschen kreisten, eine nach der anderen sich leerte und der Barmann eilig Genever nachfüllte. Liabø wollte das Hotel bei reichen Deutschen anpreisen, als Sommerhotel zur Erholung und als Labsal für die Seele.

Touristen? So etwas kannten wir nicht. Und Arne Liabø fing die unsicheren Blicke auf, diese kleine flackernde Angst vor dem Unbekannten. Aber als er hinzufügte, dass das Geld, das die Touristen in unseren Ort bringen würden, uns allen zugutekomme, uns zum Beispiel ein neues Altenheim bescheren würde, legten sich unsere Zweifel langsam.

Nur Oscar Mårud meinte, dass es hier an der Küste doch so viel regnete, dass Touristen das vielleicht nicht so toll fänden. Aber das hatte Arne Liabø sich schon überlegt. Natürlich hatte er das.

»Wir werden ihnen Regenferien verkaufen!«, rief er so laut, dass der Spiegel hinter der Bar zitterte. »Und Regenkleidung ist im Preis inbegriffen!«

Er gab dann umgehend in deutschen Zeitungen Anzeigen auf und bildete einen jungen Mann aus dem Ort im Umgang mit deutschen Höflichkeitsfloskeln aus, damit dieser die Arbeit im nächsten Sommer professionell und selbstständig verrichten könnte. Bis dahin kümmerte er sich jedoch um alles noch selbst. Ja, so machte Arne Liabø das, er kannte und beherrschte das winzigste Zahnrädchen im System.

Die Regenferien waren von Anfang an ein Erfolg. Die Buchungen aus Deutschland flatterten nur so ins Haus. Die Feriengäste sollten nach Ålesund fliegen und dort mit dem Bus abgeholt werden. Im Bus wurden bereits Bier, Räucherfleisch und ganz dünnes Knäckebrot serviert. Einfache Bauernkost, damit die Gäste gleich auf das raue Klima eingestimmt werden würden. Eigentlich sollte dazu der Regen nur so auf die Busfenster prasseln. Sie würden einmal völlig andere Ferien erleben, hatte Arne Liabø ihnen versprochen. Und der Preis war entsprechend. Der Preis war geradezu ungeheuerlich in unseren Augen, für die das Regenwetter doch die pure Selbstverständlichkeit war. Wie auch Bier und Räucherfleisch. Einfach alltäglich.

Die erste Busladung mit Touristen traf Mitte Juli ein, und alles verlief nach Plan. Arne Liabø hatte zuvor Angebote für Regenkleidung eingeholt und besaß jetzt ein großes

Lager gelber Regensachen aus Schweden in allen Größen. Die Schweden hatten das günstigste Angebot gemacht, und da hatte norwegische Ware einfach das Nachsehen. Arne schnitt kurzerhand alle Etiketten der schwedischen Firma heraus, damit niemand von den Deutschen auf die Idee kommen könnte, beim nächsten Mal vielleicht gleich nach Schweden zu reisen.

Busladungen kamen und gingen. Der Ort gewöhnte sich an die gelb gekleideten Touristen, die in voller Regenmontur raschelnd umherwandelten, morgens, mittags und abends, ob bei Regen oder Sonne. Einige von uns fingen an, Andenken herzustellen, keinen billigen Ramsch, sondern sorgfältige Handarbeit, die wir zu einem Schweinepreis verkauften. Je mehr etwas kostete, umso besser ließ es sich verkaufen. Und abends in der Hotelbar kursierten die wildesten Ferienerlebnisse, die erzählt, und die größten Flaschen, die getrunken werden mussten.

Ich war selbst dort an dem Abend, an dem alles anfing. Ich sah mit eigenen Augen, wie das, was wir für eine Unmöglichkeit gehalten hatten, langsam Wirklichkeit wurde. Da saßen wir beisammen, Liabø, Hammerfors und ich, mit einigen anderen aus dem Ort und mit dem deutschen Reiseleiter.

Und dann war sie auf einmal da. Wahrscheinlich war sie an diesem Tag erst gekommen. Sie hatte rotes Haar. Als Erstes dachte ich, dass Gelb ihr sicher nicht stehen würde. Jetzt aber trug sie Schwarz. Mit Glitzer. Ein wenig eng und unpassend, jedenfalls damals, es ist ja zwanzig Jahre her. Aber reiche Leute tragen immer, was sie wollen, vor allem wenn es sich um reiche Witwen handelt, denen kein eifersüchtiger Ehemann reinredet. Denn Witwe war sie, das war gleich das Erste, was sie uns erzählte. Deshalb Schwarz, auch wenn das Kleid sonst nicht gerade zu einem Trauermarsch gepasst hätte. Eher zu einem Tango.

Es amüsierte mich, zu beobachten, dass sie sich wie eine hübsch angemalte Zwanzigjährige zu uns setzte und sich im Laufe einiger Schnäpse zu einer gestandenen Vierzigjährigen entwickelte. Die Jahre fielen geradezu auf sie herab. Ihr melodisches Deutsch, das aus Rücksicht auf die anderen Anwesenden mit englischen Vokabeln angereichert war, quoll auf einmal hart und kompromisslos zwischen den rot gemalten Lippen hervor. Ihre Stimme war tief und undeutlich. Die Träger ihres Kleides glitten immer wieder nach unten, bis sie nicht mehr darauf achtete. Mir war das eigentlich recht, sie hatte hübsche, sehr bleiche Schultern.

Wie gesagt, mich amüsierte das, bis mein Blick zufällig auf Arne Liabø fiel und ich *seinen* Blick sah. Es war ein Blick, den ich noch nie bei ihm gesehen hatte, ein Blick, den er vielleicht bekam, wenn er auf Geschäftsreise war und abends allein an fremden Hotelbars eine unverbindliche Zerstreuung suchte. Es war der hungrige Blick eines Mannes, ganz wehrlos und offen, fast staunend vor Ohnmacht angesichts der eigenen Gefühle. Liabø hatte seine Sicherheit und Ruhe verloren, er war den Worten dieser Frau förmlich ausgeliefert wie dem Gesang einer Sirene. Aber anders als Odysseus ließ er sich nicht an den Mast binden. Im Gegenteil, er rückte seinen Sessel näher an die Frau heran, blies ihr Zigarrenrauch auf die weißen Schultern und begann, eine wirre Mischung aus Norwegisch und Englisch zu sprechen, obwohl er eigentlich hervorragend Deutsch konnte.

Ich merkte, wie sich mir die Haare sträubten angesichts Arne Liabøs offenkundiger Verwandlung. Es tat mir fast körperlich weh, mitansehen zu müssen, wie das Selbstbewusstsein dieses Mannes auf Nimmerwiedersehen verschwand.

Ich fing den Blick des Anwalts auf. Er hatte dasselbe gesehen wie ich und war mindestens so entsetzt. Es war klar, dass diese Frau alles darüber wusste, wie man Männer um den kleinen Finger wickeln konnte. Und jetzt fing sie langsam damit an, ihre Beute an Land zu ziehen, während wir wie gelähmt dasaßen und alles mitansehen mussten.

Am nächsten Tag erwarteten wir, Arne Liabø um acht Uhr morgens, hocherhobenen Hauptes, wie immer auf seinem Fahrrad zur Fabrik sausen zu sehen. Aber er tauchte nicht auf. Hammerfors rief an und berichtete, Liabø habe um acht einen Termin bei ihm gehabt, sich aber nicht blicken lassen. Wir murmelten so etwas wie: »Ach ja, die Liebe.« Aber in Wirklichkeit machten wir uns Sorgen. Wir beschlossen, ihm ein wenig Zeit zu lassen, die Frau würde ja doch nur eine Woche hier im Ort bleiben.

Eine Woche verging. Die Touristen reisten ab und pressten ihre gelbe Regenkleidung als letzte Erinnerung an wunderbar andere Ferien auf ihren Knien zusammen.

Die Frau aber blieb. Zwei Tage später rief Hammerfors mich auf der Wache an.

»Eigentlich stehe ich ja meinem Mandanten gegenüber unter Schweigepflicht, aber jetzt wollen sie doch tatsächlich heiraten«, schrie er durch die Telefonleitung des Ortes. Schreien war sonst gar nicht Hammerfors' Art. Also schrie ich zurück, das könne doch nicht wahr sein. Aber eine halbe Stunde darauf rief Arne Liabø selbst an und verkündete mit jugendlichem Elan, jetzt sei die Zeit gekommen, den Bund fürs Leben einzugehen.

Abends saßen beide in der Bar und stießen mit Champagner an. Ich war eingeladen und prostete ihnen mit gespielter Begeisterung zu. Sie war so offenkundig eine Glücksritterin, dass ich gar nicht begreifen konnte, wie ein Mann so etwas nicht bemerkte. Sie war eine dumme Gans, die ihm das Leben von dem Moment an vergällen würde, in dem sie den Ring am Finger hätte und sich sicher fühlte. Sie würde seine Tragödie sein, sein Untergang.

Er hielt sich demonstrativ die Brust, als sie

ihn küsste, und lief vor Verlegenheit über diesen Gefühlsausbruch in aller Öffentlichkeit rot an. Wenn er so weitermachte, würde er noch einen echten Herzanfall bekommen. Ich hielt es kaum aus.

Am nächsten Morgen wurde Arne Liabø tot in seinem Bett gefunden. Das Seltsame war, dass er seine Socken noch anhatte, erzählte seine Haushälterin. Ich war zusammen mit dem Arzt sofort zur Stelle. Hammerfors kam einige Minuten später und zog mich beiseite.

»Ich war es«, murmelte er. »Und jetzt brauche ich deine Hilfe, damit es als Herzanfall durchgeht. Ich bin gestern Nacht noch zu ihm nach Hause gegangen und habe ihm Arsen in seinen Kognak gemischt. Danach habe ich ihn ausgezogen und ihn ins Bett gelegt.«

»Du hast seine Socken vergessen«, erwiderte ich, und Hammerfors wurde unruhig.

»Keine Panik, das spielt keine Rolle«, sagte ich und drückte seine Schulter. »Alle werden glauben, dass er in seinem Glücksrausch vergessen hat, sie auszuziehen. Was ist mit … ihr?«

»Sie hat im Hotel übernachtet. Wir mussten sie die Treppe hochtragen. Mein Gott, er wollte ein neues Testament machen. Sie sollte alles erben. Nichts wäre mehr an den Ort, das Altenheim oder in den Industriefonds gegangen. Er war ja wie besessen. Das konnte ich nicht länger mitansehen. Und ich sage dir, er hätte nicht viele Monate durchgehalten, mit so einer jungen Person neben sich im Ehebett.«

Ich lobte seine Tatkraft. Natürlich fand ich das alles absolut richtig. Unter diesen Umständen. Man stelle sich das vor: alles Geld in Deutschland. Das wäre ein trauriges Kapitel in der Ortsgeschichte geworden. Gesetz und Ordnung musste man in diesem Fall einfach außen vor lassen. Außerdem hätte Hammerfors mir nichts erzählen müssen, wir hätten ja doch alle angenommen, dass es das Herz gewesen sei. Der Arzt wusste alles über Arne Liabøs Gesundheitszustand, er hatte ihn immer wieder zu einer gesünderen Lebensführung ermahnt, aber ohne Erfolg. Der Arzt schrieb den Totenschein aus, und ich war Zeuge.

Die rothaarige Witwe wurde noch am selben Tag fortgebracht. Sie brauche nicht länger hierzubleiben, beteuerten wir, es wäre doch eine zu große Belastung, so kurz nach dem Tod ihres Verlobten. Mit tränenerstickter Stimme stimmte sie zu. Sie vergaß ihre Regenkleidung, die wir ihr dann einige Wochen später nach Hamburg nachschickten.

Warum Hammerfors nicht lieber sie umgebracht hatte? Nein, das wäre doch glatter Mord gewesen. Und wenn diese Frau tot aufgefunden worden wäre, hätte Liabø Himmel und Hölle in Bewegung gesetzt, um die genauen Umstände zu klären. Und aus Rachsucht hätte er dann das Dorf enterben können.

Nein, dann doch lieber gleich ihn selbst. Außerdem hätte Arne Liabø sowieso nicht mehr sehr lange zu leben gehabt.

Gott sei Dank hat mich Hammerfors nicht in seine Pläne eingeweiht, sonst hätte ich ihn aufhalten müssen. Ich war ja schließlich Polizist. Deshalb schulden wir ihm allesamt großen Dank dafür, dass er erst danach etwas gesagt hat. Ich habe allein Hammerfors für die warmen Waffeln zu danken, die im Altenheim heute täglich auf mich warten.

Wir veranstalteten eine großartige Beerdigung für Arne Liabø. Die Blaskapelle der Schule spielte so schön, dass kein Auge im

ganzen Dorf trocken blieb. Der Pastor nannte ihn unser aller Großvater.

Danach gab es Schnaps und Räucherlachs
im Hotel.

Ja, so war das damals vor zwanzig Jahren.

Daniel Glattauer

Hitze, was nun?

Einer der konsumentenfreundlichsten Zweige unseres Berufs ist der Saisontipp-Journalismus. Zu Ostern sagt er den Menschen, welche Eier besonders glücklich gelegt wurden. Zu Allerheiligen teilt er den Autofahrern mit, wie sie sich verhalten sollen, wenn plötzlich Nebel auftaucht. Zu Weihnachten verrät er, wie man einen Christbaumbrand verhindert und nicht an Herzverfettung stirbt. Und im Sommer – das liest man dann jeden Tag in einer anderen Zeitung, derzeit in mehreren gleichzeitig –, im Sommer stellt sich unweigerlich die Frage: Was mache ich, wenn es heiß ist?

Der Saisontipp-Journalismus ist freilich viel zu bescheiden, um sich zuzutrauen, derart brennende Probleme selbst zu lösen. Man braucht also »Hitzeexperten«, das sind zumeist Ärzte, die trotz Hitze telefonisch erreichbar waren und zu spät aufgelegt haben. Die besten Hitzetipps der vergangenen Tage: Wenig anziehen. Kühl duschen. Räume verdunkeln. Fenster schließen. Schlafzimmer in den Norden verlegen (z. B. Grönland). Und: »Den Genuss von übermäßigem Alkohol vermeiden.« Genuss vermeiden, muss das sein? Soll sich der übermäßige Alkohol halt ein bisschen mäßigen.

T. Coraghessan Boyle

Windsbraut

Die Leute können sagen, was sie wollen, sie können klatschen und kritteln und sich über dieses oder jenes das Maul zerreißen, und natürlich haben wir unsere Fehler, unsere Depressionen und Selbstmorde und Kleinpächtersfrauen, die mit dem Erstbesten, der sie haben will, durchbrennen, und wir haben unsere lange Winternacht, die sich über Tage und Wochen erstreckt wie ein Vorgeschmack auf das Grab, aber letzten Endes ist hier die einzige wirkliche Geschichte der Wind. Sein Sausen und Brausen. Seine Unablässigkeit. Das verhaltene Klagen von bewegter Luft, die den Strömungen gehorcht wie ein neues Meer über dem alten, die worfelt und eggt und alles abschleift, bis nichts mehr übrig ist. Tag und Nacht fegt der Wind über die Inseln, ohne Rücksicht auf die Jahreszeit, aber würde man die Bewohner von Yell, Funzie und Papa Stour fragen, dann würden sie allesamt – alle Männer und Frauen, alle Lämmer und Ponys – sagen, dass er im Winter am schlimmsten ist, wegen seiner Schärfe und schieren Wildheit. In einem Januar, an den man sich hier noch erinnert, hatte der Wind neunundzwanzig Tage lang ununterbrochen Sturmstärke, und am Neujahrstag 92 wurden die Orkanböen am Leuchtturm von Muckle Flugga auf der Nordspitze von Unst auf dreihundertzwanzig Stundenkilometer geschätzt. Aber das war geschätzt: An jenem Tag wurde der Windmesser der Wetterstation aus der Verankerung gerissen und, zusammen mit einer Menge anderer belebter und unbelebter Sachen, in die Ewigkeit geschleudert.

Junie Ooley hätte gewarnt sein müssen. Sie war Amerikanerin – die Leute im Dorf nannten sie *die Frau mit den Vögeln* oder einfach *die Vogelfrau* –, und sie war eben erst vom Fährboot gestiegen, als sie einen Volltreffer in Form von Robbie Bakers einäugigem altem Kater bekam, der auf der Jagd nach einer nicht vorhandenen Taube über das Dach der Kirche geschlichen war. Oder vielleicht war die Taube ja doch vorhanden gewesen, jedenfalls war, was immer der Kater gesehen hatte, vom Winde verweht, kaum dass er mit seinem Auge geblinzelt hatte. Junie Ooley, die zu diesem Zeitpunkt für uns alle eine Fremde

war, stapfte also in einem Kaufhausschotten-
rock die Hauptstraße entlang, eine schwarze
Strumpfhose schmiegte sich an ihre prächti-
gen Beine, ein Rucksack klopfte gegen ihren
Hintern, und ihre Hände hielten die Strickmütze fest. Trotz ihrer scharfen Augen und
der Teleobjektive, die sie überallhin mit-
schleppte, sah sie den Kater nicht kommen.
Der Kater – er hieß Tiger und hatte gut und
gern zehn, zwölf Pfund taubengemästetes
Fleisch auf den Knochen – wurde von einer
Bö gepackt und flog vom Kirchendach wie
eine wärmegesteuerte Rakete, die ihr Ziel –
Junie Ooleys gebeugte, windzerzauste Gestalt – erfasst hatte.

Wie dramatisch der Aufprall war, hätten
Sie bezeugen können, wenn Sie an jenem Tag
zufällig an den klappernden Fenstern von
Magnuson's Pub gestanden und über ein Pint
Bitter meditiert hätten. Bevor die Vogelfrau
Gelegenheit gehabt hatte, sich nach ihrer
Unterkunft zu erkundigen oder auch nur zu
irgendeinem Menschen »Guten Tag« oder
»Wie geht's?« zu sagen, lag sie auf dem Pflas-
ter, und ihre Lippen flüsterten, ohne es zu
wissen, einen Song des Artist Formerly
Known As Prince. Das jedenfalls hat Robbie

später behauptet, und der steht auf den Künstler, seit er mal in Aberdeen in einem Laden für Secondhand-CDs *Purple Rain* entdeckt und zum halben Preis gekauft hat. Wir mussten es ihm glauben. Er war der Erste, der rauslief, um ihr zu helfen.

Da lag sie also, aufs Pflaster geworfen – eine verwelkte Blume, die Glieder geknickte Stängel, den Rucksack voll mit schwarzen Ersatzstrumpfhosen und ihrer Vogelbeobachtungsausrüstung, ihrem Waschzeug, ihrer Zahnseide und dem ganzen Rest –, und Tiger kauerte auf der Straße, blinzelte und leckte sich zerstreut die gespreizten Tatzen, als Duncan Stout, seit zweiundneunzig Jahren Bewohner dieses Planeten und Besitzer des ersten je gefertigten Morris-Automobils, in ebenjenem Fahrzeug, und zwar mit dem Doppelten seiner üblichen Geschwindigkeit von acht Stundenkilometern, die Straße hinunterkam, und ob er Junie Ooley dort liegen sah, war völlig ungewiss. Robbie Baikie fuchtelte mit den Armen, um ihn zu warnen, aber Duncan war der Letzte auf diesen Inseln, der mitten auf der Hauptstraße, die ja immerhin ausschließlich für Personen- und Lastwagen und ein gelegentliches schwankendes Fahrrad

gebaut und bestimmt war, irgendetwas Uner-
wartetes erwartete. Er fuhr einfach weiter,
das Kinn vorgeschoben, die Mütze bis fast
über die milchweißen Augen hinuntergezo-
gen. Robbie Baikie stand nicht in dem Ruf,
schnelle Entscheidungen zu treffen – er war,
wie viele hier, eher der nachdenkliche Typ –,
und als er sich entschloss, Junie Ooley weg-
zuziehen, war der Wagen schon da. Oder jedenfalls beinahe.

Die Leute schrien durch die offene Tür des
Pubs. Magnus Magnuson stand jetzt selbst
auf der Straße, ruderte mit den Armen und
hüpfte aufgeregt herum, und der Wischlap-
pen, den er noch in der Hand hielt, sah aus
wie die weiße Fahne der Kapitulation. Der
Wagen kam immer näher. Robbie stand da. Es
sah hoffnungslos aus. Aber wir hatten nicht
mit dem Wind gerechnet – wie konnten wir
seine Launenhaftigkeit auch nur für eine Minute vergessen? In diesem entscheidenden
Augenblick fegte eine Bö durch die Schlucht
der Hauptstraße, warf Robbie Baikie um, sodass er auf die Vogelfrau fiel, hob das vordere
Ende von Duncans Wagen an und schleuderte ihn gegen den nächsten Laternenpfahl, der
keinen Zentimeter nachgab.

Die Bö entfernte sich die Straße hinunter und trug Papierfetzen, Konservendosen, Flaschen, Lumpen, Knochen und allen möglichen anderen Abfall mit sich. Die Vogelfrau schlug die Augen auf. Robbie Baikie lag mit seinen hundert Kilo schützend über ihr, wartete auf den Aufprall des Wagens und hatte nicht mal daran gedacht, sich auf die Ellbogen zu stützen, um ein bisschen von seinem Gewicht von ihr zu nehmen. Junie Ooley roch das Bier, das er getrunken hatte, den süßen Duft seines Pfeifentabaks, den würzigen Geruch von Magnusons Torffeuer und vielleicht sogar Robbies Schafe, und sie hatte keine Ahnung, wer dieser Mann war und warum er mitten auf der Straße auf ihr lag. »Geh runter von mir«, sagte sie so ruhig und sachlich, dass Robbie sich nicht sicher war, ob er recht gehört hatte, und weil sie Amerikanerin war und das Wort »Tollpatsch« nicht im Repertoire hatte, fuhr sie fort: »Du dicker Trottel.«

Robbie war Frauen gegenüber schüchtern – das waren wir Männer alle, und die Frauen waren schüchtern gegenüber Männern, jedenfalls bis ungefähr fünf Jahre nach der Hochzeit –, und außerdem versuchte er noch immer zu rekapitulieren, was mit ihm und ihr und Duncan Stouts Wagen passiert war, und hätte kein Wort herausgebracht, selbst wenn er gewollt hätte.

»Geh runter«, wiederholte sie und fing an, diese Aufforderung zu unterstreichen, indem sie zappelte und mit den flachen Händen gegen seine großen, unnachgiebigen Schultern drückte.

Robbie erhob sich auf ein Knie und stand auf, während die Vogelfrau sich unter ihm herauswand. Im nächsten Augenblick war sie auf den Beinen, rückte wütend die Rucksackträger, die ihr in die Schultern schnitten, zurecht und verfluchte ihn leise, aber mit Nachdruck und einem improvisatorischen Einfallsreichtum, der sein Gesicht bewundernd erstrahlen ließ. Zwanzig Schritte weiter versuchte Duncan, aus dem Wagen zu klettern, doch der Wind ließ ihn nicht. Howith Clarke, der Gemüsehändler, stand jetzt ebenfalls auf der Straße und begutachtete den Schaden mit säuerlichem Gesicht, und Magnus war mitten im Geschehen und heiser vor Aufregung. Er erkundigte sich nach Junie Ooleys Befinden – »Alles in Ordnung, Kleine?« –, als eine zweite Bö alle vier packte und wie Kegel durch die Luft wirbelte. Robbie hatte genug. Er rappelte sich auf, nahm die Vogelfrau am Arm und zerrte sie geduckt in den Pub.

Sie kamen also herein, und mit ihnen der Wind. Bierdeckel und Tüten mit Salzgebäck segelten über die polierte Theke, und unwillkürlich hielten alle ihre Hüte fest. Robbie ging mit gesenktem Kopf, und seine Haare standen senkrecht in die Luft, als hätte sich irgendein wahnsinniger Friseur darüber hergemacht, und Junie Ooley schnaufte und drosch auf ihn ein, bis er sie losließ und sie an der ganzen Theke entlangkreiselte. Anfangs konnte niemand sehen, wie hübsch sie war, denn ihr Gesicht war von Überraschung und Wut verzerrt, und zwischen den Augen stand eine verdrossene Falte. Sie sah nicht mal in unsere Richtung, sondern warf sich gleich wieder auf Robbie und schubste ihn, als wären sie zwei Kinder, die sich auf dem Spielplatz stritten.

»Was zum Teufel sollte das eigentlich?«, rief sie, und ihre Stimme war schrill vor Erregung. Und dann, mit einem Blick in die Runde: »Habt ihr gesehen, was dieser große *Trottel* da draußen mit mir gemacht hat?«

Keiner sagte etwas. Der Rauch des Torffeuers hing in der Luft wie ein dünner Vorhang. Tim Maconochies Airedale hob den Kopf und ließ ihn wieder auf die Pfoten sinken.

Die Vogelfrau biss die Zähne zusammen und reckte die Schultern. »Und? Will keiner was unternehmen?«

Magnus war es schließlich, der das Schweigen brach. Er trat wieder hinter die Theke, ohne sich um die Papierschnipsel und all das andere Zeug zu kümmern, das der Wind ihm ins Haar geweht hatte.

»Der Mann hat Ihnen eigentlich bloß das Leben gerettet.«

Robbie zog bescheiden den Kopf ein. Seine Ohren wurden knallrot.

»Gerettet ...?« Eine Art Verständnis zog in ihren Blick ein. »Ich war ... Irgendwas hat mich getroffen, irgendwas, das der Wind vor sich hergeweht hat ...«

Tim Maconochie war zwar kein bisschen weniger sparsam als wir anderen, aber er räusperte sich und sagte, er wolle der jungen Frau einen Whisky ausgeben, damit sie wieder einen klaren Kopf bekomme, und da öffnete sich ihr Gesicht, und es war, als würde die Sonne hinter Wolken zum Vorschein kommen. Jetzt konnte jeder sehen, wie schön sie war, und es war eine Schönheit, die uns froh machte, in diesem Augenblick am Leben zu sein, sodass wir sie würdigen konnten. Whiskyrunden wurden ausgegeben. Windstöße rüttelten an den Fenstern, bis wir dachten, die Scheiben würden brechen. Jemand führte Duncan herein, setzte ihn in eine Ecke und drückte ihm seine Pfeife und ein Glas Ale in die Hand. Dann wurde noch eine Runde ausgegeben und noch eine, und die ganze Zeit saß Junie Ooley auf einem Hocker an der Bar und quatschte Robbie Baikie seine großen knallroten Ohren ab.

Das war der Beginn einer Liebesgeschichte, die die ganze Insel kopfstehen ließ. Niemand hatte so etwas je gesehen, jedenfalls nicht seit die beiden endlos quasselnden Teenager aus Cullivoe sich gemeinsam im Ness of Houlland ertränkt hatten, und die ganze Sache war umso erstaunlicher, als niemand je vermutet hatte, dass in einem schlichten Gemüt wie Robbie Baikie derart tiefe Leidenschaften schlummerten. Robbie war keine dreißig, aber Antriebsschwäche und unüberwindliche In-sich-Gekehrtheit ließen ihn an der Bar sitzen, bis er das Gewicht eines doppelt so alten Mannes hatte, und keiner konnte sich erinnern, ihn mal in Gesellschaft einer Frau gesehen zu haben, jedenfalls nicht, seit seine Mutter gestorben war. Er war einer von denen, die ihre Schafe die kümmerlichen Spitzen des Heidekrauts oder den vom Meer heraufgewehten Seetang fressen ließen, und er hielt sein Herz so fest verschlossen wie eine Geldkassette. Aber jetzt war er auf einmal und vor unser aller Augen wie ausgewechselt. Am ersten Abend führte er Junie Ooley zu ihrem Quartier wie ein Filmkavalier – die beiden hielten sich an den Händen und stemmten sich gegen den Wind, während Katzen, Blumentöpfe und kleine Kinder an ihnen vorbeiflogen –, und von da an war er nie länger als fünf Minuten von ihr getrennt.

Er fuhr sie den ganzen windumtosten Weg hinaus zum Vogelschutzgebiet bei Herma Ness und half ihr, die Ausrüstung in einem verlassenen Kleinpächterhaus aufzubauen, das so alt war, dass nicht mal Duncan Stout wusste, wer einst der Pachtherr gewesen sein mochte. Das Dach bestand aus Reet, war an einem halben Dutzend Stellen verfault und wimmelte von Krabbel- und Nagetieren, aber der Vogelfrau schien das nichts auszumachen. Das Haus stand am richtigen Ort, nämlich auf einem breiten, kahlen Streifen Moor, der zwischen den Klippen, auf denen die Vögel brüteten, zum Meer abfiel, und das war das Einzige, was zählte.

Junie Ooley war nicht zimperlich, sondern ausgesprochen selbstständig, daran konnte gar kein Zweifel bestehen. Sie war gekommen, um die Vogelschwärme, die sich im Frühjahr hier versammelten, zu sehen und zu studieren – die Dreizehenmöwen und Papageitaucher, die Seeschwalben und Eissturmvögel, die auf den schmalen Simsen nisteten und nur die Flügel auszubreiten brauchten, um über das Meer davonzuschweben –, und sie hatte eine Menge Kameras und Teleobjektive mitgebracht, um Fotos für teure Hochglanzmagazine zu machen. Wenn es dabei primitiv zuging, hatte sie nichts dagegen. Es gab ein paar Zyniker, die glaubten, sie benutze Robbie Baikie nur, weil er praktischerweise über einen Toyota-Transporter und diese Allzweck-Kuschelwärme verfügte, und die Schwätzer und Alleswisser, die etwas Gutes nicht mal erkennen würden, wenn es ihnen vom Himmel auf den Kopf fiele, hörten gar nicht mehr auf, sich die Mäuler zu zerreißen. Aber es gab auch welche, die diese Sache als das sahen, was sie war: schlichte, reine Liebe.

Robbie hatte sich nie viel um die Moorit- und Cheviot-Schafe gekümmert, die sein armer, längst verstorbener Vater gezüchtet hatte, doch jetzt vernachlässigte er sie eindeutig. Er merkte gar nicht, dass sechs seiner Blackface-Schafe in der Flut ertrunken waren und dass sich in seinem eigenen Garten ein Leicester-Widder in einem Stück Draht verfangen hatte. Er war zu sehr mit anderen Dingen beschäftigt. Die beiden – er und die Vogelfrau – ließen sich manchmal eine Woche lang nicht blicken und kletterten auf den senkrecht ins Meer abfallenden Klippen herum, sie mit ihren Kameras, er mit dem Rucksack und den Objektiven, den schwarzen Stoutflaschen und den mit geräucherter Zunge belegten Broten, und wenn wir sie in der Stadt sahen, tranken sie entweder Tee im Hotel oder hielten Händchen im hintersten Winkel des Pubs. Mrs Dunwoodie, die Junie Ooley die Zimmer über dem Metzgerladen monatsweise vermietete, war empört, weil sie Robbie mehr als einmal mit der jungen Frau die Treppe hatte herunterkommen sehen, und einmal hatte sie nachts von oben Geräusche gehört, bei denen es sich nur um die spitzen, gedämpften Schreie koitaler Ekstase gehandelt haben konnte. Und ein Mann aus Haroldswick, dessen Namen wir aus Gründen des Anstands verschweigen, behauptete sogar, er habe die beiden splitterfasernackt vor dem Haus bei Herma Ness herumhüpfen sehen.

Eines Abends, als der Wind mal wieder aufgefrischt hatte, saßen sie nach dem Abendessen bei Magnuson's und sprachen in einem leisen, unverständlichen Gemurmel miteinander. Robbie trank stetig, Bier und Whisky. Wir sahen, wie er aufstand, noch eine Runde holte und, in jeder großen roten Hand ein Glas Bier, zwischen den anderen Tischen hindurch zu seiner Vogelfrau zurückkehrte. »Weißt du, was wir sagen, wenn die Möwen um diese Jahreszeit hierher zurückkehren?«, fragte er sie, und mit einem Mal dröhnte seine Stimme, und sein Gesicht war gerötet vom Alkohol und der Freude darüber, dass Junie Ooley da war.

Gespräche erstarben. Man sah auf. Er reichte ihr das Bier, und sie lächelte ihn fragend an, und jeder wünschte sich, dieses Lächeln sei für ihn bestimmt, und vielleicht beneideten wir Robbie sogar ein wenig. Er breitete die Arme aus und rezitierte ein kleines Gedicht für sie, ein Gedicht, das wir alle so gut kannten wie unsere Namen, den Herzenserguss eines unbekannten Vogelliebhabers, der längst im Strom der Zeit verschwunden ist:

Witte Möwe, Möwe kleen,
Wo bistu von? Wo hestu ween?
Wann ik dich seh, is mi so good,
Mit din Föht so slank un din Snavel so rood.

Es war verblüffend, diese Verse aus dem Mund eines Mannes zu hören, der sogar noch hart war, wenn er weich wurde, und nicht dazu neigte, planlos zu quasseln. In diesem Augenblick wussten wir alle, wie weit er über die Klippe war. Liebe war ja schön und gut – eine dornige Rose, die sich aus der kargen Erde dieser windgepeitschten Inseln gekämpft hatte, etwas Nützliches und Nötiges, das man natürlich hegen und pflegen musste –, aber das hier war etwas ganz anderes. Es war eine Art Lehensschwur, freiwillige Sklaverei, ein Verhängnis – er hatte ihr *unser* Gedicht gegeben, in aller Öffentlichkeit –, und bei diesem Gedanken überlief uns ein Schauer.

»Robbie«, rief Magnuson mit einer Verzweiflung, die uns allen aus dem Herzen sprach, »ich geb dir einen Whisky aus«, aber wenn Robbie ihn überhaupt hörte, ließ er es nicht erkennen. Er nahm die Hand der Vogelfrau mit den kleinen, aufgeschürften, vom Wind rissigen Knöcheln und führte sie an die Lippen. »So geht's mir mit dir«, sagte er, und wir alle hörten es.

Es wäre sinnlos zu bestreiten, dass wir alle auf das Unausweichliche warteten. Eine derart intensive Leidenschaft hatte etwas Unmenschliches, sie war wie die Liebe eines Kaninchens, eines Schafbocks, und sie *musste* einfach zerschellen – wie es The Artist Formerly Known As Prince in *When Doves Cry* so denkwürdig geschildert hat. Es gab welche, die sich fragten, ob Robbie sich seine CD überhaupt noch anhörte. Ob ihm überhaupt noch etwas an ihnen lag.

Und dann, an einem trüben, verhangenen Tag, als der Wind auf Nord gedreht hatte und die Temperaturen uns an den Winteranfang zurückzuversetzen drohten, riss Robbie, begleitet von einem Wirbelsturm aus welken Blättern, Disteln, Streichholzheftchen und Fish-'n'-Chips-Papier, die Tür des Pubs auf, stapfte zur Theke und verlangte einen doppelten Whisky. Es war das erste Mal, seit die Vogelfrau bei uns aufgetaucht war, dass man ihn ohne sie sah, und wem das noch nicht Zeichen genug war, der konnte an Robbies Haltung und der eigentümlichen Rötung seiner Ohren erkennen, dass das Ende gekommen war. Ein, zwei Stunden lang trank er stetig und wehrte jeden Kommentar – selbst die unschuldigste Bemerkung über das Wetter – mit einem Grunzen oder gar einem Knurren ab. Wir ließen ihn in Ruhe, setzten uns ans Fenster und sahen zu, wie die Welt vorbeigeweht wurde.

Später fiel das Licht der Sonne über dem westlichen Horizont in den Pub, sodass die Fensterkreuze scharf umrissene Schatten warfen, und für einen Augenblick lag das Kreuz des Erlösers genau zwischen Robbies Schulterblättern. Er stieß einen tiefen Seufzer aus – oder vielmehr ein schweres, mit Single Malt und Tabak unterlegtes Stöhnen –, und schließlich begannen seine großen Schultern zu zucken und zu beben. Die Bedienung

(Rose Ellen MacGooch, Donal MacGoochs Jüngste) legte ihm die Hand auf den Arm und fragte ihn, was denn los sei, obwohl wir es alle wussten. Die Leute fingen an, sich zu unterhalten, damit er nicht glaubte, wir hielten den Atem an; Magnus stand am anderen Ende der Theke und zündete sich umständlich seine Pfeife an, und Tim Maconochies Hund ließ hörbar einen fahren. Eine Ruhe legte sich über den Pub, und Robbie Baikie atmete tief durch und verkündete die Nachricht mit einer Stimme, die wie ein Topfkratzer klang.

Er hatte sie gefragt, ob sie seine Frau werden wolle – dort oben, in dem Kleinpächterhaus, wo der Wind klagte und die Möwen wie große taumelnde Schneeflocken durch die Luft segelten. Sie waren den ganzen Morgen draußen gewesen, waren mit vor Kälte tauben Händen auf den Klippen herumgeklettert und hatten sich gegen den Wind gestemmt, und nun saßen sie am Torffeuer und teilten sich belegte Brote und Stout. Robbie gab ihr einen Kuss, einen langen, ausgedehnten Liebeskuss, und dann stellte er ihr, überwältigt von Gefühlen, seine Frage. Junie Ooley richtete sich auf, und die Augen in ihrem engelsgleichen Gesicht leuchteten. Sie sagte, sie sei geschmeichelt von diesem Antrag, geschmeichelt und gerührt, sehr gerührt, aber sie sei einfach noch nicht bereit, sich auf so etwas, auf eine Ehe, wirklich einzulassen – immerhin sei er ein Schafzüchter von den Shetlandinseln und sie eine Amerikanerin mit Universitätsabschluss und obendrein unsteter Lebensweise. Würde er sie nach Patagonien begleiten, wenn sie Nandus und Haubenadler fotografieren wollte? Oder zum Okefenokeesumpf, wo sie den scheuen Elfenbeinspecht aufzuspüren hoffte? Nach Singapur? São Paulo? Oder auch nur nach Edinburgh? Er sagte, das werde er. Sie nannte ihn einen Lügner. Und dann schrien sie sich an, und sie war draußen, im Wind, und ihre Strickmütze flog im Nu davon, und ihr Haar flatterte wie wild vor ihren grünen Augen, und er versuchte, sie zu packen, ihren Arm zu fassen und sie festzuhalten, aber sie war schon am Rand der Klippe und begann unter dem heiseren Geschrei der Möwen, an den nach Vogelscheiße stinkenden Felsen hinunterzuklettern. »Junie!«, rief er. »Junie, nimm meine Hand, bei diesem Wind wirst du den Halt verlieren, das weißt du ganz genau! Nimm meine Hand!«

Und was sagte sie? »Ich brauche keinen

Mann, der mir Halt gibt.« Das war alles. Das war's. Und er stand im Wind und sah zu, wie sie Stück für Stück an der Klippe hinabkletterte, hoch über der wilden See, während die Vögel sie umkurvten und das Haar ihr Gesicht strangulierte, und dann ging er zu seinem Transporter, ließ den Motor an und fuhr ins Dorf.

An jenem Abend pfiff und dröhnte und rasselte der Wind bis etwa Mitternacht durch die Hauptstraße, dass es klang wie ein Satz Orgelpfeifen, doch dann veränderte sich das Geräusch und wurde zu etwas, was die Leute seit 92 nicht mehr gehört hatten: zum Tosen eines gewaltigen Sturms. Schindeln wurden abgerissen, Büsche krallten sich nicht mehr in die Erde, die Schafe auf den Weiden wurden wie Staubmäuse durch die Gegend gewirbelt. Garagen stürzten ein, Fahrräder rasten, von Geisterhand bewegt, durch die Straßen. Robbie saß im Tiefschlaf im Wohnzimmer seines Häuschens, ein trauriges Opfer des Kummers und des Alkohols. Er war vom Pub nach Hause gefahren, bevor der Sturm sich in seiner ganzen Wildheit erhoben hatte, und dort hatte er sich ein Stück Schafleber gebraten, war aber vor dem Fernseher eingeschlafen, ohne es auch nur angerührt zu haben.

Irgendetwas knallte gegen die Hauswand und weckte ihn. Es war stockdunkel, denn die ersten heftigen Böen hatten die Leitung gekappt, und anfangs wusste er nicht, wo er war. Dann erbebte das Haus abermals, und das verwunderte Gebrüll der Ayrshire-Kuh, die ihn mit Milch und Butter versorgte, ließ ihn vom Sessel aufstehen und zur Tür gehen, wo er den Kopf hinausstreckte in die wilde Nacht. Sogleich wurde ihm die Tür aus der Hand gerissen und zerrte kreischend an den Angeln, und im selben Augenblick schoss der fahle Schemen der Kuh vorbei, wirbelte durch die Luft und verschwand wie ein Wolkenfetzen hinter dem Dach. Robbie hatte nur einen einzigen Gedanken: *Junie. Junie braucht mich.*

Es war sein Glück, dass er, wie viele von uns, fünf Zentner Kohle als Ballast in seinen Transporter geladen hatte, denn sonst hätte er das Ding niemals auf der Straße halten können. Er musste windverwehten Schafen ausweichen, Kaninchen, die wie Ziegenmelker aus der Dunkelheit herangerast kamen, losgerissenen Zaunpfosten, hin und wieder einem Dach oder einer Mauer, ja sogar ein, zwei

Booten, die aus dem wogenden Meer geschleudert worden waren. Bei all dem Zeug,
das der Sturm vor sich herfegte, konnte Robbie die Straße kaum erkennen. Die Böen
schlugen nach ihm wie riesige Fäuste, und er
musste mit aller Kraft gegensteuern, sonst
wäre der Wagen umgeworfen worden. Wenn
er beim Einsteigen noch halb betrunken gewesen war, so war er jetzt nüchtern wie ein
Richter – die schreckliche Sorge, die ihn trieb,
hatte sämtlichen Alkohol in seinen Adern
verbrannt. Er drückte das Gaspedal bis zum
Bodenblech durch. Er konnte nur beten, dass
er nicht zu spät kam.

Und dann war er da, kämpfte sich aus dem
Wagen und musste sich an der Tür festhalten,
um nicht selbst davongerissen zu werden.
Das Moor war so schwarz wie das Fell eines
Angus-Stiers. Der Wind heulte in allen Rit-
zen und drosch auf das Heidekraut ein, dass
es sich flach auf die Erde drückte und schrie.
Unten hörte er das Meer an die Klippen don-
nern. In diesem Augenblick riss die Tür des
Transporters ab, und Robbie wurde über das
Heidekraut geschleudert wie ein Schlitten-
fahrer, der den Burrafirth Hill hinuntersaust,
und es gibt welche, die sagen, dass ihn ein

Baum davor bewahrte, von der Klippe geworfen zu werden – aber welcher Baum könnte auf einer so kargen Insel gedeihen? Nein, was ihn rettete, war ein Dornbusch, ein zäher, harter schwarzer Knoten von einem Busch, der sich, nachdem der Wind fünfzig Jahre lang auf ihn eingehämmert hatte, an die Erde schmiegte – aber das reichte. Die leuchtend weiße Tür des Transporters, ein unhandlich großes Stück Stahl, segelte wie ein Frisbee über das Meer, als wollte sie nie aufhören zu segeln, doch Robbie Baikie war gerettet, auch wenn die Dornen sich in seine Hände gruben und der Wind ihm die Haare vom Kopf und den Bart von den Wangen riss. Er kniff die Augen gegen die Dunkelheit und die aufgewirbelte Erde zusammen, und da war es, links hinter ihm, zweihundert Meter entfernt: das Kleinpächterhäuschen und darin sie. »Junie!«, rief er, doch der Wind riss ihm die Stimme aus dem Mund und trug sie davon, bis es keine Stimme mehr war. »Junie!«

Was die Vogelfrau betraf, die Amerikanerin mit den atemberaubenden Beinen, mit dem Gesicht und der Figur, die der Perfektion so nahekamen, wie es sich jeder Mann hier auf der Insel in der besten Nacht seines Lebens erträumt hatte, so wusste sie gar nicht, dass Robbie gekommen war, sie zu retten. Sie wusste nur, dass der Wind schlimm war. Sehr schlimm. Sie muss dagegen angekämpft und festgestellt haben, wie sinnlos es war und dass ihr nichts anderes übrig blieb, als sich zu unterwerfen, sich zusammenzukauern, sich an irgendetwas festzuhalten und abzuwarten. Wo waren die Vögel?, fragte sie sich. Was machten die bei einem solchen Wetter? Flogen sie draußen über dem Meer? Ihr war kalt, sie fröstelte, denn das Feuer war unter den Böen, die am Schornstein zerrten, längst erloschen. Und dann brach der Schornstein ab, mit einem Geräusch, als würden Klauen an einer Fensterscheibe kratzen. Es knackte, und die Dachbalken gaben nach, und dann starrte die schwarze Nacht auf sie herab. Sie klammerte sich an den Kaminbock, doch der Kaminbock wurde davongeweht, und dann klammerte sie sich an die Steine, aus denen der Kamin gemauert war, doch die Steine wurden ebenfalls davongeweht, als wären sie Staubkörner, und woran sollte sie sich nun noch festklammern?

Wir haben sie nie gefunden. Niemand hat sie je wieder gesehen. Es gibt welche, die behaupten, sie sei bis an die norwegische Küste geweht worden, wo sie an Land gegangen sei und Norwegisch gesprochen habe wie eine Einheimische, oder ein Kapitän habe sie in stürmischer See gefunden, an das pockennarbige Sicherheitsglas der Kommandobrücke gepresst wie eine lebende Galionsfigur, aber eigentlich glaubt das keiner. Robbie Baikie überlebte die Nacht und auch seine Trauer um sie. Er sitzt jetzt über seinem Bier und einem Whisky im hinteren Winkel von Magnuson's Pub, und wenn man ihn nach der einzigen Liebe seines Lebens, der Vogelfrau aus Amerika, fragen sollte, würde er einem sagen, er habe ihre Stimme in den Schreien der Möwen gehört, die in Schwärmen im Frühjahr den Himmel erfüllen, und auch ihr Gesicht habe er gesehen: Es habe, gehalten von steifen weißen Schwingen, über dem schwarzen tosenden Meer geschwebt. Armer Robbie.

Rafik Schami

Eine deutsche Leidenschaft namens Nudelsalat

In Damaskus fühlt sich ein Gastgeber beleidigt, wenn seine Gäste etwas zu essen mitbringen. Und kein Araber käme auf die Idee,
selbst zu kochen oder zu backen, wenn er
eingeladen ist. Die Deutschen sind anders.
Wenn man sie einlädt, bringen sie stets etwas
mit: Eingekochtes vielleicht oder Eingelegtes,
manchmal auch selbstgebackenen Kuchen
und in der Regel Nudelsalat. Man sagt, wenn
man zehn Deutsche einlädt, sollte man mit
drei Nudelsalaten rechnen. Warum Nudelsalat, mit Erbsen und Würstchen und Ma-
yonnaise? Wahrscheinlich deshalb, weil man
Nudelsalat mit der einen Hand zubereiten
kann, während man sich mit der anderen zu-
rechtmacht.

Auch nach dreißig Jahren in Deutschland
finde ich Nudelsalat noch immer schrecklich.

In Damaskus hungert ein Gast am Tag der
Einladung, weil er weiß, dass ihm eine Prü-
fung bevorsteht. Er kann nicht bloß einfach

behaupten, dass er das Essen köstlich findet, er muss es beweisen, indem er eine Unmenge davon verdrückt. Das grenzt oft an Körperverletzung, denn keine Ausrede hilft. Gegen die Argumente schüchterner, satter oder auch magenkranker Gäste halten Araber immer entwaffnende, in Reime gefasste Erpressungen bereit.

Das kommt vom Einfluss der Wüste auf das Leben der Araber. Die arabische Kultur hat dort ihren Ursprung, und wenn man einen Fremden mit Essen versorgte, rettete man nicht selten ein Leben.

Ein Nomade bewirtet den Fremden, weil er in ihm sich selbst sieht, eine Sicht, die bei Städtern getrübt oder völlig verschwunden ist. Ein Nomade weiß von Kind auf, dass er nur durch Zufall heute der Gastgeber ist, dass aber vielleicht bereits morgen ein Sandsturm ihn zum durstigen Fremden werden lässt, der im Augenblick seiner Ankunft bei dem, der ihm Schutz geben kann, kein Verhör, sondern Wasser, Brot und Ruhe braucht. Deshalb verbietet es die Moral der arabischen Nomaden, den Fremden in den ersten drei Tagen nach dem Woher und Wohin zu fragen. Diese freundliche Bewirtung des Gastes, mittels derer er zu Kräften kommt, hat in Arabien einen Namen: Gastrecht.

Die Araber der Wüste identifizierten sich mit dem Fremden so sehr, dass manche Stämme das Feuer die ganze Nacht besonders hell lodern ließen, damit der Schein dem irrenden Fremden den Weg zeigte, und wenn es stürmte, banden sie ihre Hunde draußen vor dem Zelt an, damit ihr Bellen dem Fremden Orientierung bot.

Aber auch wenn die Araber in Städten leben, tragen sie noch immer ein Stück Wüste in ihrem Herzen. Den Ruf eines großzügigen Gastgebers zu haben freut einen Araber wie sonst nichts auf der Welt.

Deutsche einzuladen ist angenehm. Sie kommen pünktlich. Sagen sie um vier, dann kommen sie um vier, manchmal sogar Viertel vor. »Wir haben mit Stau gerechnet«, erklären sie dem verlegenen Gastgeber.

Im Gegensatz zu Italienern, Arabern, Spaniern und Griechen, deren mediterrane üppige Küche sie zu hochnäsig und zu feige macht, um sich auf andere Speisen einzulassen, sind die Deutschen sehr mutig, ihre eher bescheidene Küche zu verlassen und andere, exotische Gerichte zu probieren. Sie scheuen weder vor japanischen, chinesischen, afrikanischen oder afghanischen Kochkünsten zurück. Und wenn es ihnen schmeckt, sagen sie nach genau neunzig Sekunden: »Lecker, kannst du mir das Rezept geben?«

Ein arabischer Koch aber kann die Entstehung eines Gerichts, das er gezaubert hat, gar nicht knapp und verständlich beschreiben. Er fängt bei seiner Großmutter an und endet bei lauter Gewürzen, die kein Mensch kennt, weil sie nur in seinem Dorf wachsen, und deren Name noch kein Botaniker ins Deutsche übersetzt hat. Die Kochzeit folgt Gewohnheiten aus dem Mittelalter, als man noch keine Armbanduhr hatte und die Stunden genüsslich vergeudete. Ein unscheinbarer Brei braucht nicht selten zwei Tage Vorbereitung, und das völlig unbeeindruckt von aller modernen Hektik.

Auch wenn den Deutschen das Essen gar nicht schmeckt, bleiben sie sehr höflich. Sie lächeln und sagen knapp: »Interessant.« Ich habe mich jahrelang gefragt, warum die Deutschen, Enkel der Dichter und Philosophen, ein Essen interessant finden. Ein Essen kann nicht interessant sein. Es ist weder eine mathematische Gleichung noch eine Naturerscheinung. Es schmeckt oder es schmeckt nicht. Ich hielt den Ausdruck für unpräzise, unbeholfen. Erst vor kurzem konnte ich diese höchst verschlüsselte Aussage dechiffrieren. Meine Güte! Die heutigen Deutschen machen ihren Vorfahren alle Ehre. Interessant – das ist eine geballte, auf ein Wort verdichtete Kritik, die die Verrisse des unbarmherzigsten Literaturkritikers wie süße Limonade wirken lässt. Sie meinen: Interessant, wie man aus wunderbaren Produkten und Ingredienzien so ein scheußliches Gericht kochen kann. Das alles steckt in diesem einen Wort.

Deutsche Gäste kommen nicht nur pünktlich, sie sind auch präzise in ihren Angaben. Wenn sie sagen, sie kommen zu fünft, dann kommen sie zu fünft. Man kann bereits am Nachmittag den Tisch decken. Und sollten sie wirklich einmal einen sechsten Gast mitbringen wollen, telefonieren sie vorher stundenlang mit dem Gastgeber, entschuldigen sich dafür und loben dabei die zusätzliche Person als einen Engel der guten Laune und des gediegenen Geschmacks.

So großartig Araber als Gastgeber sind, als Gäste sind sie furchtbar. Sie sagen, sie kommen zu dritt um zwölf Uhr zum Mittagessen. Um sieben Uhr abends treffen sie ein. Und vor Begeisterung über die Einladung bringen sie Nachbarn, Cousins, Tanten und Schwiegersöhne mit. Aber das bleibt ihr Geheimnis, bis sie vor der Tür stehen. Sie wollen dem Gastgeber doch eine besondere Überraschung bereiten und dessen Freude durch voreilige Anmeldung nicht schmälern.

Arabische Gäste kommen in der Regel unangemeldet. Und was macht der Gastgeber? Er hört die Klingel an seiner Tür, steht auf, unwillig, weil er gerade einen Krimi anschaut oder ein wenig Ruhe braucht, aber keine Gäste. Nun öffnet er die Tür und sieht einen Freund mit Anhang (fünf bis zehn Personen) vor sich. Er sagt nicht etwa: »Was gibt's?«, oder: »Wen willst du mit diesem Trupp überfallen?«, oder: »Kannst du dich nicht vorher anmelden, wo du mich doch auch sonst täglich mit deinen Anrufen traktierst?«

Nein, das sagt er nicht. Er lächelt, um sein Gesicht zu wahren und nicht als Geizkragen zu gelten, und bittet die Gäste feierlich herein, als hätte er auf sie gewartet. Und nun improvisiert er, spannt die ganze Familie und nicht selten auch noch die halbe Nachbarschaft für seine Blitzaktion ein, um den Gästen aus dem Nichts ein üppiges Mahl auf den sich biegenden Tisch zu zaubern. Am Ende sind der Gastgeber und seine Familie zwar restlos erschöpft, die Gäste aber sind zufrieden. Und der Gastgeber ist gerettet, er hat sein Gesicht gewahrt.

Einmal zählten wir in Damaskus eine Prozession von neunundzwanzig Menschen vor unserer Tür, als meine Mutter ihre Schwester eingeladen hatte, um mit ihr nach dem Essen in Ruhe zu reden.

Gastfreundschaft ist aber nicht angeboren. Das wissen die Araber und erziehen ihre Kinder deshalb von klein auf zur Liebe und Achtung gegenüber Gästen. »Der Gast ist ein Heiliger«, sagte meine Mutter, »wenn er sich bei dir wohl fühlt, segnet er dein Haus.«

Wir waren Kinder. »Und was, wenn er ein Teufel ist?«, fragten wir naiv und vorwitzig.

»Dann vergisst er die Stunden bei euch nicht, und wenn ihr bei ihm landet, schont er euch ein bisschen«, antwortete meine Mutter weise.

Ein arabisches Sprichwort sagt: Wer vierzig Tage mit Leuten zusammenlebt, wird wie sie. Seit fast vierzig Jahren lebe ich inzwischen

mit den Deutschen zusammen, und ich er-
kenne Veränderungen an mir. Ein Fremder
muss nicht Blutwurst und Saumagen essen,
um angepasst zu sein. Spätestens wenn er anfängt, pünktlich zur Bushaltestelle und zum
Bahnhof zu gehen, weil Busse und Züge nicht
anhalten, wenn er ihnen winkt, ist er es. Und
was ist mit den Mitbringseln der Gäste? Wein
und Käse kann ich inzwischen annehmen,
aber Nudelsalat – niemals.

Jess Jochimsen

Sein schönstes Ferienerlebnis

Als Kind habe ich den obligatorischen nach-
sommerlichen Deutschaufsatz einfach nur ge-
hasst. »Mein schönstes Ferienerlebnis«. Entweder konnte ich mich nicht entscheiden oder
aber es fiel mir gar nichts ein. Es war furchtbar! Geradezu traumatisch geriet die Arbeit in
der 4. Klasse, die ich mit den Worten begann:

»Diese Ferien ist mein Opa gestorben. Die
Beerdigung war toll. Ich durfte so viel Cola
trinken, wie ich wollte …«

Ich bekam eine schlimme Note und ge-
schimpft obendrein, obgleich es wahrscheinlich mein ehrlichster Aufsatz war.

Jetzt muss mein Sohn Tom zum ersten Mal
das »Ferienerlebnis« beschreiben und tut dies
sehr angelsächsisch. Die Engländer kennen
diesen deutschen Zwang zum Superlativ nämlich nicht und nennen das Ganze »What I did
on my holidays«. Nicht das »Schönste« soll
erzählt werden, sondern »was man gemacht
hat im Urlaub«. Tom zählt es auf, schreibt dazu, dass das alles ganz schön war, holt sich

eine mittelgute Note ab und wendet sich wichtigeren Dingen zu.

Und eigentlich hat er recht. Denn als ich ihn frage, ob es im Sommer denn wirklich kein Erlebnis gegeben habe, welches »das schönste« gewesen sei, antwortet er:

»Doch! Aber das geht die Lehrerin gar nichts an.«

So schlau wäre ich als Kind auch gern gewesen!

Bevor ich mich allerdings über das deutsche Schulsystem aufrege, erzähle ich lieber, wie *ich* den Sommer fand, schließlich ist das hier kein Aufsatz. Also:

Sehr schön war eine Frage, die Tom meiner Mutter stellte:

»Oma?«, fragte er ohne jede Vorwarnung, »krieg ich schulfrei, wenn du stirbst?« Fand meine Mutter gar nicht komisch – ist aber wahr. Apropos meine Mutter:

Während des Heimaturlaubes traf ich meine Schulfreundin Dorothea Anderson wieder, mit der ich als Kind mal drei Tage im Bett hatte liegen müssen, um mich mit Windpocken anzustecken. Meine Mutter war seinerzeit der Meinung, dass es wichtig sei, sich mit Windpocken anzustecken.

»Je früher, desto besser, gerade bei Jungen!«, fand sie.

Frau Anderson fand das überhaupt nicht. »Ich dachte, das gilt für Mumps. Bei Jungen. Wegen der Impotenz«, sagte sie.

»Windpocken auch«, sagte meine Mutter, ließ sich nicht abwimmeln und schob mich in Dorotheas Zimmer.

»Na hören Sie mal«, sagte Frau Anderson.

»Mama!!!«, schrie Dorothea, »der soll weg. Ich bin krank!«

»Ja, ich weiß jetzt auch nicht …«, sagte Frau Anderson.

»Du musst näher rangehen«, sagte meine Mutter, »näher ran!«

Schlussendlich lag ich drei Tage lang mit Dorothea im Bett und bekam natürlich keine Windpocken.

Dorothea und ich konnten über diese alte Geschichte sehr lachen. (Meine Mutter nicht.)

Am Meer waren wir dann auch noch. Vierzehn schöne Tage lang. Ärgerlich war nur, dass das einzige Klo in der Nähe des Strands eine Dixi-Toilette war, die sich auch noch in ungefähr einer halben Stunde Fußentfernung hoch oben auf der Düne befand. Natürlich wurde das Meer deswegen stillschweigend nicht nur zum Schwimmen benutzt; außer ein Kind machte den Fehler, gut hörbar »Mama, ich muss Pipi!« zu brüllen, dann hieß es laufen.

Entschärft wurde die Situation schließlich von einem Vater, der entweder Kapielski gelesen hat oder betrunken und kühn war. Oder alles zusammen. Auf jeden Fall schwamm er eines Tages ans Ufer, entstieg dem Wasser, drehte sich kommentarlos um, pinkelte in die Fluten, hechtete mit einem beherzten »Jippieh« wieder ins kühle Nass und schwamm weiter. Tom war begeistert.

Und mein schönstes Ferienerlebnis? Vielleicht der Satz, den Tom angesichts der vielen Plakate zur anstehenden Bundestagswahl sagte, die seit unserer Rückkehr aus dem Urlaub die heimatlichen Straßen säumen.

»Papa«, wollte er von mir wissen, »was macht die Merkel eigentlich beruflich?«

Keine schlechte Frage.

Alex Capus

Eigermönchundjungfrau

Am Tag, an dem ich starb, machte ich einen Fehler: Ich stieg auf Gleis 11 in den Zug und fuhr nach Bern. Das hat mich das Leben gekostet. Die Berner Altstadt hat mich mit all ihrer Schönheit umgebracht. Natürlich hätte die ganze Sache an vielen anderen Orten auch geschehen können, aber Bern war eben ganz besonders gefährlich. Ich hätte es wissen müssen. Ich hätte nicht fahren dürfen. Jetzt ist es zu spät.

Dabei wäre auch unterwegs noch Zeit zur Umkehr gewesen. In Langenthal hätte ich aussteigen können, in Herzogenbuchsee oder allerspätestens in Burgdorf. Ein höhnisches Lächeln hätte ich dem nach Bern eilenden Zug hinterherschicken können; »Mit mir nicht«, hätte ich gezischt, den Bahnsteig hätte ich gewechselt, um einfach wieder zurückzufahren an jenes Ende der Welt, das Orten wie Bern entgegengesetzt ist.

Statt dessen blieb ich in meinem Abteil sitzen und musterte durchs Fenster mißtrauisch die unfaßbare Idylle des Berner Hinterlandes. An mir zogen vorbei: schmucke Bauernhöfe, sanfte Hügellandschaften, goldene Herbstwälder, weidendes Simmentaler Fleckvieh. Aufrechte Bauern zogen auf ihren von den Ahnen ererbten Äckern schnurgerade Furchen zum Horizont hin, gesunde Buben und Mädchen in kurzen Hosen und rot-weißkarierten Röcken fuhren auf ihren Rädern zur Schule, auf einer Bank saß ein zufriedener Greis und winkte mit dem Stock dem vorbeifahrenden Zug.

Ich wurde argwöhnisch. Dieser Friede, diese Eintracht, diese Harmonie – gab es so etwas wirklich? Oder wollte mich da jemand hereinlegen, unter Vorspiegelung falscher Tatsachen? Wie auch immer; solange wir mit 120 Stundenkilometern durch die Landschaft preschten, konnte nicht viel passieren.

Wenn jetzt bloß die Lokomotive keine Panne hat, dachte ich. Dann fühlte ich erste Anzeichen dafür, daß mein Verdauungstrakt durcheinandergeriet. Es rumpelte und polterte in meinem Magen, daß ich den Taktschlag der Räder auf den Schienen kaum mehr hören konnte. Ich kannte das: So reagierte ich zu Lebzeiten immer, wenn ich nervös wurde.

Die Lokomotive hielt durch, der Zug blieb nicht stehen. Nach Burgdorf verbesserte sich das Bild. Ein paar Lagerhäuser zeigten sich, zwei oder drei große Einkaufszentren, der Schweizer Hauptsitz einer japanischen Autofirma. Links bauten Bagger Autobahnspuren, rechts pflügten Bulldozer eine neue Bahnlinie durch den Wald. Mein Magen beruhigte sich.

Aber bei der Einfahrt in die Stadt Bern ging es wieder los, kurz vor sieben Uhr morgens. Ich röhrte wie ein Bauchredner, der einen brünstigen Elch nachahmt: Tief unter der Brücke zog die Aare ganz naturfarben, smaragdgrün und träge dahin, in der Morgendämmerung begrüßte mich die Skyline von Bern – Münster, Altstadt, Bundeshaus und so weiter –, und dahinter, es durften keine anderen Berge sein, glühten doch tatsächlich Eiger, Mönch und Jungfrau im Morgenrot. Die Postkarte.

Was ich eigentlich an jenem Morgen in Bern zu schaffen hatte, weiß ich nicht mehr. Etwas Berufliches wird es wohl gewesen sein; solche Dinge verlieren erstaunlich schnell an Bedeutung, wenn man tot ist. Ich erinnere mich aber deutlich, daß sich mein Magen umgehend entkrampfte, als wir in den Bahnhof einfuhren. Es war ein guter Bahnhof: massive Betonkonstruktion von international gültiger Häßlichkeit, frei von jedem Anspruch, heimelig oder gemütlich oder nett oder hübsch zu sein. Ich war erleichtert. Nach dem Anblick von Eigermönchundjungfrau hatte ich Schlimmeres erwartet: eine Chalet-Imitation vielleicht oder eine Kopie der Bruder-Klaus-Kapelle. Aber nichts dergleichen – in diesem Bahnhof gab es kein Holz, keine Geranien, keine Berner Trachten, nichts. Mein Magen fand sein Gleichgewicht wieder. Beruhigt und voller Selbstvertrauen stieg ich hinunter auf den Bahnsteig. Vorsichtshalber würde ich mich trotzdem mit einem Kaffee stärken, bevor ich mich dieser glücklichen Stadt stellte. Die Bahnhofscafeteria mit ihrem hellblauen Neonlicht schien mir geeignet.

Der Angriff kam hinterrücks und unerwartet. »Weit der o grad no nes Gaffää?« fragte mich eine pausbäckige Kellnerin und strahlte mich rosig an. Giftige Gase begannen meinen Magen aufzublähen. Die Frau war glücklich, ganz ohne Zweifel – aber weshalb, um Himmels willen? Weil sie mir am Montagmorgen um sieben Uhr einen Kaffee bringen durfte? Mein Mißtrauen steigerte sich zu panikartiger Wachheit. Zwar machte ich der pausbäckigen Kellnerin die Freude und bestellte einen Kaffee; gleichzeitig aber befiel mich eine wilde Sehnsucht nach den Quartierkneipen x-beliebiger Industriestädte, wo einem übellaunige Serviertöchter den Kaffee auf den Tisch knallten. Ich leerte meine Tasse und flüchtete.

Kaum hatte ich den schützenden Beton des Bahnhofs verlassen, stand ich auch schon mitten in der Altstadt, unbestrittenermaßen eine der schönsten Altstädte Europas, wenn nicht der ganzen Welt, jawohl. Aus Japan und den USA reisten die Leute an, um in Sandstein gebaute Lauben zu bestaunen, aus Südafrika, Schweden und Arabien kamen sie, um die Gassen zu fotografieren und die Brunnen und das Kopfsteinpflaster, den Zeitglockenturm, das Münster und all das. Und wenn die Touristen alles gesehen hatten, wurden sie aufgesogen von den Hunderten von Ladenpassagen, welche die mittelalterlichen Häuserzeilen zerfressen hatten wie der Rinderwahnsinn das Gehirn einer Kuh. Dort konnten sie dann alles kaufen, was sie zu Hause auch bekommen hätten, und waren glücklich.

Ich sah das alles und litt Schmerzen. Mein Bauch blähte sich wie eine riesige Kaugummiblase. Ich schnallte den Gurt zwei Löcher lockerer und ging weiter.

Die Altstadt war voller Menschen. Widerwillig ließ ich mich treiben durch die glückliche Herde, weiter und weiter durch die Gassen, die abwärts zum Fluß führten, und schaute in die Gesichter der Menschen, die an mir vorüberzogen. Ich geriet in Panik: Nicht nur die Touristen waren glücklich und jene perverse Kellnerin am Bahnhof – sondern alle, alle, alle! Am glücklichsten waren die Einheimischen: So zufrieden waren sie, so im reinen mit sich und der Welt, so glücklich, »o vo Bärn« zu sein, daß ich mir einsam und verdreckt vorkam wie ein Kohlegrubenarbeiter in einer Hochzeitsgesellschaft. Und alle, alle waren gesund und hatten Wangen, so rosa und leuchtend wie Eiger, Mönch und Jungfrau im Morgenrot. Ich lehnte mich an eine Sandsteinmauer und krümmte mich unter Krämpfen. Welche Suppe brodelte da in meinem Bauch? Ich wollte mich erleichtern, jetzt, sofort. Ich preßte wie eine werdende Mutter in den Wehen, aber die Gase wollten ihren Weg durch meine Gedärme nicht finden. Also kämpfte ich mich vorwärts.

Bis dahin hätte ich es vielleicht noch schaffen können, zurück zum Bahnhof und hinaus ins richtige Leben. Aber dann war ich einen Moment unaufmerksam, und so nahmen die Dinge ihren Lauf. Ich gaffte gerade einer besonders glücklichen Kleinfamilie nach – perfekt nach deutscher Industrienorm (DIN) gefertigt, sieht man selten, heutzutage –, da stieß ich mit einem Fixer zusammen und warf ihn über den Haufen. Ich schaute auf ihn nieder und war erschüttert: Vor mir auf dem Kopfsteinpflaster lag ein glückliches Häuflein Elend. Oder war es ein elendes Häuflein Glück? Ein häufiges Elend im Glück? Wie auch immer: Der Fixer war mager und bleich und zittrig wie alle Fixer überall auf der Welt, aber er war glücklich. Auch er hatte sich dem Imperativ des Glücks gebeugt, der in dieser Stadt herrschte.

»Oh, hoppla!« sagte der Fixer und lächelte selig zu mir hoch.

Ich packte den Mann an seinem von tausend Nadelstichen vernarbten Arm und stellte ihn wieder auf die Beine. Der glückliche Fixer sagte »Danke vielmals«. Das hätte ich vielleicht ja noch ertragen. Aber dann griff er in seine Jackentasche und bot mir seinen Pausenapfel an. Das hätte er nicht tun dürfen. Das war zuviel für meinen Verdauungsapparat: Der Magen verdoppelte seine Gasproduktion, und die Gedärme verkrampften sich derart, daß an den erlösenden Furz gar nicht mehr zu denken war. Mächtig wölbte sich mein Bauch, die Hose spannte, bis der Knopf abriß und leise über das Kopfsteinpflaster davonrollte.

Ich ließ den Fixer stehen und ging weiter. Nach zwei Schritten blieb ich abrupt stehen. Hatte ich plötzlich Siebenmeilenstiefel an? Während dieser zwei Schritte waren ein ganzes Gartenrestaurant und eine halbe Modeboutique an mir vorübergezogen. Ich drehte mich nach dem Fixer um: Er stand gut und gerne zehn Meter hinter mir und streckte mir immer noch lächelnd seinen Pausenapfel entgegen. Zehn Meter in zwei Schritten, das widersprach all meinen Erfahrungswerten. Vorsichtig hob ich den linken Fuß und setzte zu einem Schritt an – schon waren die halbe

Boutique und ein Viertel des Gartenrestaurants wieder an mir vorbeigehuscht.

Mir war sofort klar, was los war. Es waren die Gase – ich war auf dem besten Weg, ein humanoider Heißluftballon zu werden. Entweder ließ ich jetzt auf der Stelle einen viertelstündigen Furz fahren oder ich mußte Ballast zuladen, wenn ich von meinen Biogasen nicht in die Stratosphäre geschleudert werden wollte. Ich schloß die Augen und versuchte meine Gedärme zu entkrampfen.

Erfolglos.

Die Erlösung kam in Gestalt einer weißhaarigen Frau, die mit zwei prall gefüllten Einkaufstaschen auf mich zukam.

»Diese Taschen – darf ich Ihnen diese Taschen abnehmen, Madame?«

Ich schnappte mir die Taschen, bevor die Frau antworten konnte. Gemeinsam gingen wir die Gerechtigkeitsgasse hinunter. Die Frau nannte mich einen netten jungen Mann und wollte wissen, ob ich »o vo Bärn« sei, während ich neben ihr herglitt wie ein halbgefüllter Luftballon, den der Wind übers Kopfsteinpflaster treibt.

Aber schon nach wenigen Schritten wollte die Frau partout in die Straßenbahn einsteigen. Die zwei Einkaufstaschen nahm sie mit. Ich blieb stehen und schaute der Straßenbahn nach, die mit fröhlichem Gebimmel unter dem Zeitglockenturm verschwand. Mit einer Hand hielt ich mich an einer Halteverbotstafel fest, um nicht vom Winde verweht zu werden, mit der anderen strich ich über meinen mächtigen, gasgefüllten Bauch. Trotz der schmerzhaften Krämpfe mußte ich lachen: Die Gase hatten mich so weit aufgetrieben, daß ich mit den Fingerspitzen den Bauchnabel nicht mehr erreichte. Was war ich dick! So schlimm war es noch nie gewesen. Meiner gesprengten Hose und meines über dem Bauch in Fetzen gerissenen Hemdes schämte ich mich nicht. Sollten die Leute doch gaffen, wenn sie wollten. Von ihnen ging keine Gefahr aus. Was mich bedrohte, war das Blau des Himmels, das mich mit gewaltiger Kraft magnetisch anzog. Versuchsweise hob ich vorsichtig beide Füße, während ich mich an der Halteverbotstafel festhielt. Rund einen Meter über dem Kopfsteinpflaster verschränkte ich die Beine zum Schneidersitz. Nur langsam, langsam rutschte meine Hand der Stange entlang abwärts, bis mein Hintern sachte auf dem Boden aufsetzte und zwei-, dreimal nachfederte. Ich war ein Heißluftballon. Ein richtiger kleiner Zeppelin. Ein aufgeblasener Ikarus. Ein gasgefüllter Engel ohne Flügel.

Am Halteverbotsschild lehnte ein altes holländisches Damenfahrrad, gut zwanzig Kilogramm schwer, genau das richtige für meinen Zweck. Das Hinterrad war mit einer dicken Eisenkette abgeschlossen. Um so besser. Ich wollte das Rad nicht fahren, sondern tragen.

Ich kann es heute zwar nicht mehr beschwören, aber wahrscheinlich war ich in jenem Moment noch immer unterwegs zu meiner beruflichen Verabredung. Im nachhinein ist doch kaum zu glauben, zu welch schwerwiegenden Fehlentscheiden der Mensch fähig ist: Denn selbstverständlich hätte ich angesichts meiner lebensbedrohlichen Situation alle professionellen Pflichten in den Wind schlagen müssen. Hätte ich jenes Damenfahrrad zum Bahnhof getragen und wäre in den nächsten heimwärts fahrenden Zug geschwebt, so hätte ich spätestens in Rothrist einen gewaltigen Wind fahrenlassen. Schnell hätte ich das Fenster meines Abteils aufgerissen, die Gase hätten sich himmelan verflüchtigt, behende wäre ich im Bahnhof Ölten ausgestiegen, im Vollbesitz meiner Erdenschwere wäre ich hinunter ins Industriequartier gelaufen, hätte ein Bad genommen – im ewigen Wogen stinkender Lastwagen, mürrischer Staplerfahrer und verbitterter Fließbandarbeiterinnen, und alles wäre gut gewesen.

Statt dessen ging ich weiter die Berner Gerechtigkeitsgasse hinunter. Der Auftrieb der Gase und das Gewicht des Fahrrads hielten sich in etwa die Waage, so daß ich mich fast so unauffällig fortbewegte wie ein Einheimischer mit harmonieresistentem Verdauungstrakt. Mit dem Unterschied allerdings, daß ich ein holländisches Damenfahrrad auf der Schulter trug, das mit einer Eisenkette abgeschlossen war.

Dann sah ich zwei Polizisten. Zwei typische Berner Polizisten. Leicht dicklich – so was weckt Vertrauen – und gemütlich. Sie waren eben dabei, mit ihren Gummiknüppeln zufrieden grinsend einen glücklichen Penner aus einer Ladenpassage zu prügeln. Auf dem Gehsteig ging der Penner mit blutendem

Schädel zu Boden. Schelmisch lachend zeigte er den Polizisten den Drohfinger, als diese seinen Schlafsack in den regennassen Rinnstein warfen und darauf herumtrampelten. Dann gingen alle ihrer Wege. Der Penner wischte sich das Blut aus den Augen und verschwand in der Menschenmenge. Die Polizisten setzten sich in ihr Auto und gaben ihren neusten Streich über Polizeifunk zum besten.

Die zwei Polizisten wirkten zwar gemütlich und vertrauenerweckend, aber ich wollte mich trotzdem nicht vor ihnen zeigen. Ich befürchtete, daß das abgeschlossene Damenfahrrad auf meiner Schulter die beiden Ordnungshüter irritieren würde. Und daß sie für meine Verdauungsstörungen Verständnis aufbrachten, konnte ich nicht erwarten. Ich zog mich deshalb diskret in eine Seitengasse zurück, als die beiden wieder aus dem Streifenwagen ausstiegen. Unglücklicherweise klapperte in dem Moment eine Pferdekutsche einschließlich eines glücklich wiehernden Schimmels heran. Auf dem Bock saß eine blondgezopfte Jus-Studentin, die sich auf diese vergnügliche Art das Stipendium aufbesserte. In der Kutsche selbst hatte – hol's der

Teufel! – die glückliche DIN-Familie Platz genommen. Erst jetzt fiel mir auf, daß die zwei
Kinder Pfadfinderuniformen trugen. Sie san-
gen ihrer Mutter ein Liedlein.

Das gab mir den Rest: Denn erstens produzierte mein Magen einen weiteren Schub
Gase, daß ich glaubte, ich müsse zerplatzen
wie der Frosch im Märchen; und zweitens
war ich gezwungen, auf der Flucht vor den
Pferdehufen wieder auf die Gerechtigkeitsgasse hinauszulaufen – direkt in die Arme der
zwei gemütlichen Polizisten.

»Hehe, nume nid gschprängt«, sagte der
eine Polizist.

Ich sagte »Entschuldigung«.

»Was heit dir de da binech?« fragte der andere Polizist.

»Ein Damenfahrrad«, sagte ich. Mit Entsetzen fühlte ich, daß meine Schuhe kaum
mehr das Kopfsteinpflaster berührten. Ich
schwebte. Ich mußte unbedingt Ballast zuladen.

Das Gegenteil geschah. »Zeiged emau«,
sagte der erste Polizist und nahm mir das
Fahrrad von der Schulter.

Ich ließ es geschehen. Mir fehlte die Kraft,
mich an das Fahrrad zu klammern, zu strei-

ten, zu erklären, zu beschwören und um noch mehr Ballast zu bitten. Ich wußte, daß ich von vornherein auf verlorenem Posten stand. So ließ ich denn kampflos zu, daß das Rad langsam von meiner Schulter glitt; und in dem Moment, da sich dessen Gewicht definitiv von mir löste, nahm ich meinerseits Abschied vom Planeten Erde. Ich verlor den Boden unter den Füßen, mein Körper machte eine Vierteldrehung um den Bauchnabel, und dann schwebte ich, meinen gewaltigen Wanst der Sonne entgegengestreckt, sanft wie eine Seifenblase himmelan. Einige halbherzige Versuche unternahm ich noch, mich an der Fassade des nahen Patrizierhauses festzuklammern; ich bekam aber nur ein paar Geranien zu fassen, von denen mir nichts als die roten Blütenblätter in den Händen blieben. Schnell hatte ich die Giebel der schönsten Altstadt der Welt unter mir zurückgelassen. Ich drehte mich auf den Bauch, um der Welt beim Kleinerwerden zuzuschauen.

Auf etwa 2000 Metern Höhe betrachtete ich die Geranienblütenblätter in meiner Hand. Soll ich sie mitnehmen oder loslassen? dachte ich noch. Dann erfor ich ziemlich schnell und war tot, und seither fliege ich tiefgefroren durchs All auf der Suche nach jenem Ort, der möglichst weit entfernt ist von Städten wie Bern. Die Blütenblätter habe ich immer noch in der Hand. Ich lasse sie nicht los, was immer auch geschehen mag.

Annette Petersen

Million Dollar Mama

Als er vor uns stand, dachte ich an eine Theatervorführung, die ich mal mit meinen Töchtern besucht hatte. Das Publikum war dabei voll und ganz in das Geschehen eingebunden und musste allen möglichen Klamauk mitmachen. Ich hatte mich damals fast genauso unwohl gefühlt wie jetzt. Er stand da, seine Beute in der Linken, und starrte uns aus schreckgeweiteten Augen an. Meine Mutter und ich starrten ebenso erschrocken zurück. Er zog mit einer geschmeidigen Bewegung ein Springmesser aus seiner rechten Jackentasche, und die Klinge schnellte auf Knopfdruck mit einem schabenden Geräusch hervor. Ich dachte, dass gleich meine Knie nachgeben würden. Neben mir zog meine Mutter scharf die Luft ein. Übergangslos war eine ganz und gar vertraute Szenerie in eine lebensbedrohliche Situation gekippt. Dabei hatte vor zwei Stunden alles völlig harmlos angefangen.

»Halb so wild«, hatte meine Mutter ins Telefon gekrächzt. »Ich habe mir einen schönen Lindenblütentee gek…« Sie brach wegen eines gewaltigen Hustenanfalls ab. Ich schüttelte seufzend den Kopf. »Warum gehst du nicht endlich zum Arzt?« Sie antwortete mit halb erstickter, durch gelegentliches Räuspern unterbrochener Stimme. »Keine Zeit.« Ich verdrehte die Augen: Rentner!

»Ich bin dran mit Krempelputzen. Morgen ist das Museum wieder offen. Und sonst ist keiner da.«

»Aber du bist krank. Dann wird morgen eben mal geöffnet, ohne dass vorher frisch geputzt wurde. So schlimm kann das ja wohl nicht sein.« ›Kommt sowieso keiner‹, lag mir noch auf der Zunge, aber das behielt ich für mich. Mein Blick schweifte durch unsere Küche, die so gar nicht museal anmutete.

»Nee, nee, Tante Isa ist sehr eigen mit ihrem Geschirr, das weißt du doch!«

Tante Isa war Mamas Lieblingscousine und wohnte nur zwei Häuser weiter. Und ihr »Geschirr« war eine überwiegend wertvolle Kollektion von vierundzwanzig Sammeltassen aus Meißener Porzellan, teilweise aus dem neunzehnten Jahrhundert und eine der

Hauptattraktionen im vor fünf Jahren gegründeten Heimatmuseum des Fleckens Groß Hasenbüttel. »Überwiegend«, weil darunter auch ein besonders üppig verziertes, kitschiges Exemplar mit geschwungenem Goldrand war, das ich mal von einem Flohmarkt in Berlin mitgebracht hatte, um Tante Isa eine Freude zu machen. Irgendwie empfand ich es als Etikettenschwindel, dass es nun hier im Museum stand, als gehörte es schon immer nach Groß Hasenbüttel.

Das Museum war in liebevoller Kleinarbeit in der seit Ewigkeiten leer stehenden ehemaligen Volksschule eingerichtet worden. Auch meine Eltern waren vom ersten Tag an Mitglieder im »Verein der Freunde und Förderer des Heimatmuseums des Fleckens Groß Hasenbüttel« und hatten tatkräftig mitgeholfen, die alte Schule zu renovieren und einzurichten. Meine Mutter hatte den Bestand mit einem Stapel filigraner Spitzendeckchen bereichert. Spitzenklöppeln war in Klein und Groß Hasenbütteler Familien seit Jahrhunderten Tradition. Eine Tradition, mit der ich aufgrund nachgewiesener Talentlosigkeit zum Kummer meiner Mutter leider brechen musste. Vor anderthalb Jahren war das Museum für die Öffentlichkeit zugänglich gemacht worden. Die kam sogar manchmal gucken, und zwar »Fr 16–18, Sa/So 14–17«, wie in prosaischer Knappheit auf dem Schild am Eingang zu lesen war. Gleich unter dem Hasenbütteler Wappen, auf dem sich zwei Langohren auf den Hinterläufen mit geballten Pfoten gegenüberstanden. Und seitdem war Do 15–16 reihum »Krempelputzen«, damit an den Öffnungstagen sämtliche Dachbodenfunde und Erbstücke blitzten: Spinnräder, Butterfässer, Nachttöpfe, Röhrenradios mit magischem Auge und Radio Hilversum auf der Skala – eben alles, was die reifere Jugend von Groß Hasenbüttel an ihre Kindertage erinnerte oder sogar aus denen ihrer Eltern, bisweilen ihrer Großeltern stammte.

Ich versuchte, ein Machtwort zu sprechen. »Du gehst jedenfalls heute zum Arzt. Ich kann ja Krempelputzen.« Aber natürlich war jegliches Argumentieren zwecklos. »Ich darf da doch keinen allein reinlassen, Kind. Das geht ni…« Wieder folgte ein wahres Erdbeben von Husten am anderen Ende. Ich stellte auf Lauthören, legte den Hörer auf den Tisch und begann, die Spülmaschine auszuräumen. Durch den Türspalt sah ich nebenan im Wohnzimmer meine 15-jährigen Zwillinge Svea und Ronja vor dem Fernseher. Sie sahen sich zum ich-weiß-nicht-wievielten Mal ›Million Dollar Baby‹ an, diesen todtraurigen Film über eine spät berufene Boxerin. Svea und Ronja nervten mich seit einigen Wochen mit dem Wunsch, in die Mädchen-Boxabteilung des Vereins zu wechseln, aber das kam natürlich überhaupt nicht infrage. Egal, ob bereits vier ihrer Mitschülerinnen die Fäuste fliegen ließen. Das würde ich genauso aussitzen wie vor zehn Jahren die Sache mit dem Tamagotchi und später das Nasenpiercing. Irgendwann hätte es sich einfach erledigt, und sie wollten vielleicht Jazzdance oder Tennis. Boxen! Judo von mir aus, aber doch nicht Boxen! Meine Mutter würde die Krise kriegen. Vom Klöppeln wollten sie natürlich auch nichts wissen. Der Begriff »Boxer« war mir allerhöchstens im Zusammenhang mit unserem Hund Fido sympathisch. Und wenn dann noch Frauen aufeinander eindroschen, war es um meine Weltoffenheit ganz schlecht bestellt!

»Bist du noch da?«, klang es aus dem Hörer. Ich wandte mich wieder meiner kranken Mutter zu.

»Natürlich. Pass auf: Dann putzen wir eben zusammen, und hinterher fahre ich dich zum Arzt. Bei dem Husten fallen dir doch sowieso die Tassen aus der Hand.«

Das zog, und meine Mutter willigte ein. Normalerweise wäre mein Vater eingesprungen, aber der war mit dem Schützenverein im Sauerland. Andererseits hätte Mama seinen eher grobmotorisch agierenden Händen Tante Isas Sammeltassen wohl ohnehin niemals anvertraut. Und so verabschiedete ich mich von meinen Mädchen, vertröstete den aufgeregt winselnden Fido auf später, stieg in meinen himmelblauen Käfer mit dem weißen Dach und fuhr los nach Groß Hasenbüttel. Mit roten Augen, um den Hals einen groben rechtsgestrickten Schal, den ich dreißig Jahre zuvor bei Frau Mollenhauer im Handarbeitsunterricht hatte anfertigen müssen, öffnete meine Mutter zwanzig Minuten später die Haustür meines windschiefen Fachwerkelternhauses.

»Na, Kleine«, röhrte sie und reckte das Gesicht zu mir hoch, »willst du einen Kaffee?«

Ich drückte sie vorsichtig. »Nein danke. Je schneller wir mit Krempelputzen fertig sind, desto eher können wir beim Arzt sein. Also los!«

»Na gut.« Sie zog ihre Daunenjacke über, was den Umfang dieses zarten Persönchens in etwa verdreifachte. Wir stiegen ins Auto, und meine Mutter schaffte es im dritten Anlauf, die Beifahrertür ganz zu schließen. Obwohl es vernünftig gewesen wäre, konnte ich mich von meinem mittlerweile über dreißig Jahre alten Oldtimer einfach nicht trennen. Vor mir hatte Tante Isa ihn besessen, die kaum gefahren war, und sonst keiner. Er war also ein unpraktisches, Sprit saufendes kleines Schmuckstück, das nur deswegen nicht im Heimatmuseum stand, weil dort nicht genug Platz war. Vor dem alten Backsteingebäude der ehemaligen Schule parkte ich den »Schlumpf«, wie Tante Isa das Auto wegen seiner Farbgebung getauft hatte. Meine Mutter holte einen riesigen Schlüsselbund aus ihrer Jackentasche. Ich warf mit wohldosiertem Schwung die Beifahrertür zu. Meine Mutter schloss auf, öffnete die Eingangstür weit und schob einen Holzkeil darunter, der im Flur bereitlag.

Ich folgte ihr aus dem dunklen Grau des verregneten Februartages ins noch dunklere

Innere des Museums. Es hatte sich allerhand verändert: Der Eingangsbereich mit der Kasse war jetzt von den Ausstellungsräumen durch eine neue Wand abgetrennt. Es gab eine Garderobe und direkt gegenüber eine Damen- und eine Herrentoilette. Ich überlegte, ob ich meine Jacke an einen der vielen Haken hängen sollte, ließ es dann aber bleiben, denn die Heizkosten hatte der Verein offensichtlich als Sparpotenzial entdeckt. Außerdem zog es. Meine Mutter war schon nach hinten durchgegangen. Ich hörte, wie sie die klemmenden Fenster eines nach dem anderen mit einem kräftigen Ruck öffnete. Lüften war hier wirklich dringend nötig. An die Arbeit, dachte ich. Die Lebenserfahrung sagte mir, dass ich das Putzzeug höchstwahrscheinlich in der Damentoilette finden würde, und ich hatte mich nicht getäuscht. Ein schmaler, hoher weißer Schrank stand gleich rechts neben der Tür. Ich zog am Griff und stellte fest, dass er abgeschlossen war. Du meine Güte, glaubten die ernsthaft, dass jemand Meister Proper entführen würde? Ich machte mich auf die Suche nach meiner Mutter und fand sie vor der Vitrine mit Tante Isas Sammeltassen. Auf vier Regalböden standen jeweils sechs Stück mit der Öffnung nach vorn auf den Untertassen, und die wiederum jeweils auf einem von Mamas Spitzendeckchen. Ganz oben in der Mitte: die Flohmarkttasse. Feine farbenprächtige Blumenmuster mit goldenen und silbernen Ornamenten machten die Tassen zu porzellanenen Kunstwerken. Undenkbar, jemals mit einem Löffel darin herumzurühren! Nach meiner unmaßgeblichen Meinung mussten ja Tassen, die hinter Glas standen, nicht jede Woche abgestaubt werden, aber wer war ich schon, Tante Isa da reinzureden? Wenn sie gekonnt hätte, dann wäre sie auch noch dem Wort »Flecken« auf dem Ortsschild von Groß Hasenbüttel mit Scheuersand zu Leibe gerückt.

»Hast du mal den Schlüssel für den Putzschrank?«

»Lass nur. Ich gehe selbst. Für die Tassen nehme ich immer ein Halbleinentuch von zu Hause mit. Hier. Das machst du ja heute.« Sie reichte mir, von Husten geschüttelt, ein gebügeltes und akkurat gefaltetes Geschirrtuch, und ich öffnete die Vitrine, während meine Mutter Eimer und Feudel holen ging. An der Tür drehte sie sich um. »Drei Henkel rechts, drei Henkel links.« Irritiert schaute ich auf die Tassen. Tatsächlich! So viel Symmetrie musste sein! Mit angehaltenem Atem nahm ich die rechte Tasse vom obersten Brett herunter und sah sie ernst an. »Es ist nur zu eurem Besten«, flüsterte ich. »Ihr seid so zart, und ich bin ein bisschen ungeschickt, wisst ihr. Das habe ich von Papa.« Ich stellte die Tasse vorsichtig und ungeputzt wieder zurück – Henkel nach rechts – und nahm die nächste kurz heraus, um sie ebenfalls nach angemessener Frist wieder an ihren Platz zu stellen. Meine Mutter musste zumindest ein leises Pling hören, damit die Illusion perfekt war. Ich zerknüllte das Geschirrtuch ein wenig. Wenn eine der Tassen durch meine Ungeschicklichkeit zu Bruch ginge, könnte ich Tante Isa nicht mehr unter die Augen treten. Dann schon eher den Schlumpf zu Schrott fahren. Das Gemeine war nur, dass meine arme, kranke Mutter hier jetzt richtig schuftete, während ich – jung und gesund – nur Arbeit vortäuschte. Ich nahm mir die zweite Reihe vor und stellte mich seitlich zur Vitrine, um sehen zu können, ob meine Mutter wieder auftauchte.

Zunächst hörte ich nur ihr Summen. Sie summte immer vor sich hin. So krank konnte sie gar nicht sein, dass ihr das verging. Dann kam sie im Rückwärtsgang in den Ausstellungsraum und zog dabei den Schrubber mit dem Feudel über den Boden. Ich war froh, dass sie nicht darauf bestand, vor dem Wischen gründlich zu fegen, wie zu Hause. Ich machte in sinnvollen Zeitabständen Pling und hatte ein sehr schlechtes Gewissen gegenüber meiner Mutter, Tante Isa und den Tassen. Endlich hatte ich auch die letzte einmal angehoben und wieder hingestellt. Ich atmete auf, schloss die Vitrine und sagte resolut: »So. Fertig!« Demonstrativ wischte ich abschließend über die Glasscheiben. Ich hoffte nur, Mama würde nicht herkommen und die Qualität meiner Arbeit kontrollieren. Sicherheitshalber ging ich ihr entgegen. »Was soll ich als Nächstes machen?« Sie warf mir einen fiebrig glänzenden Blick zu. »Wenn du mal mit dem feuchten Tuch über die Radios und die Küchengeräte gehen könntest?« Das traute ich mir zu, und so machte ich mich tatsächlich noch ein wenig nützlich. »Ich fange dann schon mal in den Toiletten an«, sagte meine Mutter, als der ganze Linoleumboden nass glänzte. »Wenn du hier fertig bist, kannst du mir ja da helfen.«

Ich nickte und polierte liebevoll die Dreh-
knöpfe von Hans-Herrmann Kimphenkel se-
niors Telefunken-Radio. Anschließend folgte
ich meiner Mutter. Zum Glück gab es einen
weiteren Wischeimer, sodass ich zeitgleich die
Herrentoilette reinigen konnte, während sie
bei den Damen putzte. Als auch das erledigt
war, ging ich rüber, wo meine Mutter gerade
summend den Spiegel abwischte. Ihr Spiegelbild lächelte mir zu: »Na, fertig? Siehste, ging
doch ganz schnell.«

Ich nickte und feierte innerlich meine zeit-
sparende Reinigungsmethode. »So. Jetzt aber
ab zum Arzt!« Sie schloss das Putzzeug wieder weg, und wir traten in den Flur.

Und da stand er dann vor dem Kassentisch:
ein junger Typ um die zwanzig, mit Jeans und
schwarzer Lederjacke, auf dem Kopf eine nach
hinten gedrehte schwarze Baseballkappe. Er
hatte offensichtlich gedacht, es wäre keiner
da, als er niemanden an der Kasse und im Ausstellungsraum vorfand. Und so hatte er die
vermeintliche Gunst der Stunde genutzt und
in die Vitrine gegriffen. Warum war die eigentlich im Gegensatz zu dem blöden Putzschrank nicht abgeschlossen?, fragte ich mich

kurz. Er hielt – wohl mangels lohnenderen Diebesgutes – eine der Sammeltassen samt Untertasse in seinen rissigen Händen mit satt-schwarzen Fingernägeln. Es war die Floh-markttasse. Und wegen so eines dämlichen Dings für zehn Euro zog dieser Idiot ein Mes-ser? (Wer konnte denn ahnen, dass daraus mal in Sanssouci jemand Schokolade genippt hatte! Nun, irgendeiner der Besucher hat es wohl gewusst und dann den armen Kerl los-geschickt, genau diese Tasse zu stehlen. Aber das erfuhren wir erst viel später.) Vor lauter Bestürzung vergaß ich einen Moment meine Angst. Meine Mutter sagte halblaut und vol-ler Empörung: »Also …!« Sie schnaubte und spitzte die Lippen.

Jetzt schluckte er, und sein Adamsapfel tanzte hoch und runter. »Ganz ruhig!«, sagte er mit bebender Stimme und noch mal: »Ganz ruhig!« Meinte er uns oder sich? Sollte ich versuchen, irgendetwas Beruhigendes zu sa-gen, oder lieber den Mund halten, um nicht alles noch schlimmer zu machen? Ich schielte zur nach wie vor offen stehenden Tür. Mama stand völlig starr neben mir. Hoffentlich be-kam sie keinen Herzinfarkt. Ich musste mir dringend etwas einfallen lassen. »Hören Sie«, sagte ich, »nehmen Sie von mir aus die Tasse und verschwinden Sie. Das ist die Sache doch nicht wert!« Ich deutete mit dem Blick auf sein Messer.

»Schnauze!«, schrie er, und wir zuckten zusammen. Er ließ die Hand mit dem Messer sinken und kam einen Schritt auf uns zu. Ich wich zurück, meine Mutter blieb stehen und sah ihm ins Gesicht. »Ich bin auf Bewährung draußen. Und ich«, er zeigte mit dem Messer auf sich selbst, »geh nicht mehr in den Bau. So viel steht schon mal fest!« Nachdem das geklärt war, ging er mit säuerlichem Grinsen wieder einen Schritt rückwärts. Meine Mutter sah über seine rechte Schulter und sagte: »Oh!« Er blickte hinter sich. Gleichzeitig machte meine Mutter einen Schritt auf ihn zu, drehte sich auf den Zehenspitzen leicht nach links, holte mit der Rechten aus und landete einen kräftigen Außenhaken (wie ich später lernte) auf der Schläfe des völlig überraschten Mannes, der sich uns gerade wieder zugewandt hatte. Keine zwei Sekunden dauerte das. Er rollte mit den Augen und begann zu schwanken. Ich legte wie ferngesteuert eine WM-taugliche Glanzparade hin und rettete die fallende Tasse mit der einen und die Untertasse mit der anderen Hand vor dem Zerschellen. Dabei landete ich hart auf den Knien, was verdammt wehtat, weil ich den Sturz ja nicht mit den Händen abfangen konnte. Neben mir schepperte das Messer über die Fliesen. Gleichzeitig ging auch der Kerl zu Boden und blieb liegen, während meine Mutter leise jammernd und zusammengekrümmt ihre rechte Hand auf den Bauch presste. So waren wir alle drei erst mal eine Weile stöhnend mit unseren Schmerzen beschäftigt. Schließlich rappelte ich mich humpelnd auf, kickte das Messer ein paar Meter weg und stellte die Sammeltasse auf den Kassentresen.

Der Typ lag vor uns und rührte sich nun gar nicht mehr, und so legte ich den Arm um meine Mutter. »Komm, schnell raus hier! Ehe der aufwacht und zurückschlägt.« Meine Mutter flüsterte mit schmerzverzerrtem Gesicht: »Erst fesseln!« Das durfte doch nicht wahr sein! Hatte diese Frau immer noch nicht genug? Sie deutete mit dem Kopf zum Kassentresen: »Da ist Klebeband in der Schublade.« Sie sah mein Entsetzen. »Nun mach schon. Ich kann das jetzt nicht wegen meiner Hand.« Die war in der Tat dabei, dick anzuschwellen, und um nicht weitere Diskussionen zu provozieren, holte ich eine Rolle Paketklebeband hervor und band die Hände des Mannes auf dem Rücken zusammen. »Die Füße auch!«, befahl meine Mutter. »Und mach noch die Fenster zu!« Ergeben tat ich, was sie verlangte. Dann schloss ich den Ausstellungsraum, die Toiletten und den Eingang ab und führte meine Mutter zum Schlumpf. »Setz dich hier rein. Ich rufe die Polizei an.« Ich klemmte mich hinters Steuer und zog mein Handy aus der Jackentasche. Unseren Dorfsheriff Dietmar Worolzke, genannt »der dicke Dietmar«, kannte ich aus der Schule. Nachdem ich ihm klargemacht hatte, dass mein Anliegen durchaus dienstlich war, berichtete ich, dass wir einen Dieb im Museum überrascht hätten und dass er noch drin wäre, eingeschlossen und bewusstlos. Wie das denn käme, wollte er wissen.

»Ich, äh …, meine Mutter hat ihn k. o. geschlagen.« Stille am anderen Ende, dann: »Wir kommen sofort.«

Ich starrte auf das Lenkrad. »Bist du eigentlich wahnsinnig? Der Kerl war bewaffnet!«

Ich drehte mich zum Beifahrersitz um. Meine Mutter sah mich streng an.

»Würdest du einfach zugucken, wenn einer dein Kind bedroht?«

Ich schwieg und schloss die Augen. Nach einem tiefen Seufzer wandte ich mich ihr wieder zu.

»Wieso kannst du das überhaupt?«

Meine Mutter lächelte etwas verschämt in sich hinein. »Ist gar nicht so schwer, wenn man es erst ein paarmal gemacht hat.«

Ich schnappte nach Luft. »Willst du sagen, du hast schon öfter …?«

»Nein, nicht so. Du siehst ja, was ich mir damit eingebrockt habe!« Sie hielt ihre bläulich schillernde Rechte ein wenig hoch. »Normalerweise trage ich Handschuhe.«

»Normalerweise?!« Das jahrzehntealte Bild von meiner sanften, Spitzendeckchen klöppelnden Mutter bröckelte nicht, es krachte zusammen.

»Meine Güte, ja. Ich weiß doch, was du über Boxen denkst. Darum habe ich es lieber für mich behalten. Ich verpasse schon seit Jahren keinen Kampf im Fernsehen. Ich finde das einfach klasse, wenn die sich so belauern und tänzeln und dann einer angreift – hach, das ist so, so – ursprünglich. Und mittlerweile boxen ja auch immer mehr Frauen. Hast du damals den Kampf gesehen, als die Halmich den …?«

»Nein, habe ich nicht. Und jetzt lenk bloß nicht ab. Beim Fernsehen auf dem Sofa hat noch niemand Muskeln angesetzt. Woher kannst du das?«

Sie seufzte: »Im Klöppelkreis hat die Hildegard erzählt, dass ihre Tochter im Sportverein Fitnessboxen macht und …«

»Was bitte?«

»Fitnessboxen. Da boxt man nicht gegen einen Menschen, sondern gegen Sandsäcke und Matten und so. Und da habe ich gedacht, das probiere ich auch mal aus.«

In amerikanischen Serien kreischt normalerweise an dieser Stelle eine Synchronsprecherin »Oh, mein Gott!«. Ich hingegen schwieg erschüttert, während meine Mutter ihrer Begeisterung freien Lauf ließ. »Du ahnst nicht, was das für einen Spaß macht. Was man da für Aggressionen abbauen kann! Wenn die Kimphenkel'sche mir mal wieder blöd gekommen ist, dann stell ich mir beim nächsten Training einfach ihr Gesicht auf dem Sandsack vor, und schon geht's mir besser. Aber ich glaube, ich muss auch mal einen richtigen

Kampf üben. Ich kann mir ja im Ernstfall nicht immer die Hand brechen.«

Wie war das mit den Genen? Bei manchen Erbkrankheiten wurde eine Generation übersprungen oder so ähnlich. Da schien was dran zu sein. Ich dachte an Ronja und Svea und wusste, dass es diesmal mit dem Aussitzen nichts werden würde. Ob sie nun 15 oder 65 waren, die taten sowieso, was sie wollten.

»Und was sagt Papa dazu?«

»Er weiß natürlich nichts davon, der ist doch genauso altmodisch wie du. Er denkt immer noch, ich gehe zur Seniorengymnastik.«

Ich presste die Faust vor den Mund, während mir die Tränen in die Augen schossen und mein Kinn zu zittern begann. Dann zitterte auch der ganze Rest. Meine Mutter erschrak, legte ihre intakte Hand auf meine Schulter und sagte sanft: »Aber, Kind, ich bitte dich! Was ist denn schon …?«

Da konnte ich nicht mehr. Das war einfach zu viel. Ich sah sie an und meine Gesichtszüge entglitten endgültig. Ich prustete los und lachte, dass der Schlumpf ins Wackeln geriet, und nach der ersten Verblüffung fiel meine Mutter mit ein. Wir konnten uns gar nicht beruhigen, und noch als der Streifenwagen neben uns hielt, kicherten wir haltlos, und die Tränen kullerten uns über das Gesicht.

»Seid ihr okay?«, fragte der dicke Dietmar besorgt, nachdem ich das Fenster heruntergekurbelt hatte. »Geht so«, krächzte meine Mutter aus dem Wageninneren und winkte leicht mit ihrer lädierten Hand. »Aber macht nichts. Wir waren sowieso gerade auf dem Weg zum A…« Der Rest ging im Husten unter.

Uwe Timm

Versuch über eine Ästhetik des Spaghetti-Essens

Waren heute, am Sonntag, in einem kleinen Restaurant in den Sabiner Bergen. Die Nonna kochte, ihre Tochter nahm die Bestellung auf, Kinder trugen das Brot und den offenen Landwein zum Tisch. Tischtücher aus Papier, grau, wie billiges Klosettpapier, keine Servietten, Teller abgestoßen, aber unvergleichliche Spaghetti all'amatriciana.

Die Geschichte der Spaghetti ist leider noch immer nicht geschrieben und man ist, was die Entwicklungsgeschichte dieses Nudelgerichts und seine gesellschaftliche Bedeutung betrifft, auf Vermutungen angewiesen.

Die Nudeln wurden, und das gilt als historisch verbürgt, durch Marco Polo eingeführt, der sie am Hof des Kublai Khan in China kennenlernte. Die Entstehungsgeschichte der Nudel in China verliert sich im mystischen Dunkel, angeblich wuchs sie auf Drachenmist, und auch die weitere Ausbreitung und ihre Metamorphose zu den Spaghetti, nach dem kulturellen Transfer, ist weitgehend unbekannt.

Wie schnell breitete die Nudel sich in Italien aus? Welche Stände aßen sie zuerst? Gab es Vorbehalte, so wie sie meine Mutter noch heute hat? Wurde die Nudel in ihrer Form weiterentwickelt oder abgewandelt? War sie früher dicker oder dünner? Länger oder kürzer?

Die Spaghetti, wie man sie heute auf die Gabel rollt, nahmen ihren Anfang also mit Marco Polo, der sich, wie eine Legende zu berichten weiß, den Scherz erlaubte, in seinen Berichten zu unterschlagen, daß man die Nudeln in China vor dem Kochen durchbricht, mit diesem häßlichen Knacks, mit dem man auch heutzutage den Spaghetti leider immer noch in entlegenen nord- und mitteldeutschen Gebieten das Genick bricht, womit sie aufhören, Spaghetti zu sein; denn ihr Wesen ist ja gerade die dünne Überlänge, und das Zerkleinern ist die Folge eines dumpfen Mißverständnisses, das annimmt, sie müßten sich nach der Größe des Topfes richten, nicht umgekehrt, wobei die Aufklärungsarbeit gegen dieses Mißverständnis nur durch Anschauung möglich ist, wozu ganz wesentlich die Ausbreitung italienischer Restaurants, die vor 30 Jahren, zumindest in der norddeutschen Provinz, unbekannt waren, beigetragen hat, bis hin nach Glückstadt an der Elbe, das sich mit seinen Heringen und seinem Grünkohl als besonders resistent erwies, wo man aber neuerdings bei einem Italiener Spaghetti in ihrer vollen Länge genießen kann, wenn sie denn nicht von einem Banausen auf dem Teller zerschnitten werden, denn die Länge gehört, wie schon gesagt, zum Wesen der Spaghetti, egal, ob sie nun in dieser Form aus China kamen oder, wie ich vermute, eine italienische Weiterentwicklung der ursprünglich dickeren und kürzeren chinesischen Nudel sind, wahrscheinlich fand, schon in der Renaissance einsetzend, eine Streckung der Nudel statt, die auf eine bislang noch geheimnisvolle Weise mit der Herausbildung der Perspektive zusammenhängt, den Teller gleichsam fluchtpunktartig in den Blick rückte und damit auch das Essen als Genuß im Unterschied zur bloßen Nahrungsaufnahme bewußt machte, eine Entwicklung, die ihren Ausgang von aristokratischen Kreisen nahm, im Gegensatz zur Barockzeit, in der die Spaghetti abermals verlängert wurde, was diesmal aber

in den unteren Ständen stattfand, als eine äs-
thetische Konterkarierung des Luxuskon-
sums, durch die sich allmählich ein Volksge-
richt herausbildete, das von den im Überfluß
schwelgenden oberen Ständen mit ihren zu
Wagenrädern angeschwollenen Halskrausen
nicht gegessen werden konnte – es sei denn,
man hätte sich von seinem Diener füttern lassen –, hingegen war das Essen dieser Bindfa-
dennudeln im Handwerkerkittel einfach und
problemlos, weil die Spaghetti, im Gegensatz
zu diesen dicken Nudel-Jonnys, die nach
zweimaligem Kauen wie Mehlmatsch im
Munde liegen, gerade durch ihre Dünne und
Länge den Sugo besser verteilt aufnahmen, so
daß eine Mischung von fest und flüssig entstand, die ein weitverteiltes Schmecken der
Geschmacksknospen garantierte, mit einer
dazu notwendigen Verbindung und Untermi-
schung von Luft; denn dieses Schmecken ist
zugleich – wie bei kaum einem anderen Gericht – mit einem höchst lustvollen Ertasten
der Speise durch Lippen, Zunge und Gaumen
verbunden, diese glatten, dünnen und weichen Spaghetti, die weich, aber nicht matschig
sein dürfen, noch gerade im Biß spürbar, also
al dente, vereinen in einer verfeinerten Form

ebendies: das Beißen und das Saugen, es ist die Erinnerung an vergangene lustvoll orale Zeiten, was man bei Spaghetti essenden Kindern gut beobachten kann, dieses Hineinlutschen der Nudeln, darum ihre Länge, sie ist heute in Italien – auch in piekfeiner Gesellschaft – der Vorwand, eine der stets an der aufrollenden Gabel herunterhängenden Nudeln mit einem Flutsch in den Mund zu ziehen.

Moritz Fichtner

Die Espe hat geflüstert

»Verdammt sei sie, bei Gott, verdammt!«, sagte Britt mehrmals in dieser Nacht. »Ich werde Kimberley anfallen, wenn sie kommt. Wie ein Tier werde ich sie anfallen.«

Es war Kimberleys zwölfter Geburtstag. Britt und ich hatten die Party bald satt und flüchteten in unser Zimmer, um bei hellem Sternenschein dazuliegen und auf unsere Schwester zu warten. Ich weiß noch, wie wir die Milchstraße, den Großen Wagen und die Venus anstarrten und von Minute zu Minute weniger fassen konnten, dass sie nicht kam.

Wir drei Mädchen lebten damals noch in der »Meerhexe«, unserem Haus an der Nordsee. Britt war vierzehn, zwei Jahre älter als Kimberley, ich sechzehn, und dann war da noch Tante Minnich, die nichts als grundgütig war und uns unsere Gegensätze austoben ließ, denn der ewig schwitzende Vater war krank, und die Mutter war tot.

So tobten wir jungen Mädchen uns also aus. Jede Minute unseres Lebens gab es Krieg, vor allem zwischen zwei Parteien: auf der einen Seite Britt und ich, auf der anderen Kimberley, moralisch unterstützt von unserem Großvater, Opa Ludwig. Er war damals einundachtzig Jahre alt und bewohnte drei Zimmer unterm Dach, wo er im Winter das Meer und die »Meerhexe« in Öl malte. Britt und ich traten für »das Moderne« ein: Wir waren Anhängerinnen von echter Popmusik, liefen bauchfrei in engen T-Shirts herum und trugen Schlaghosen, wir ließen uns an Lippen und Nase piercen und liebten es, jeden zu provozieren. Kimberley dagegen war romantisch, neigte zu übertriebener Bescheidenheit, zu Aberglauben und Spießigkeit, zu Mozart statt Rock, zu Bach statt Pop. Wir verachteten sie.

Kurz vor ihrem zwölften Geburtstag erneuerte sie ihren Pakt mit Opa Ludwig: Der alte Mann hatte sie dazu angestiftet, jeden Tag die riesige Espe in unserem Garten zu bestaunen. Diese Espe habe, sagte er, die Fähigkeit, Wünsche zu erfüllen, wenn man nur, tief genug in ihrem Astwerk verborgen, den Wunsch ganz intensiv gerade in dem Augenblick äußere, wenn die hunderttausend Blätter einem ins Ohr wisperten.

So standen die Dinge, als in jenem Jahr der Mai gekommen war und damit Kimberleys denkwürdige Geburtstagsparty anstand. Kein Gast, wirklich nicht einer, war auf Geheiß des Geburtstagskindes erschienen. Nur unsere Familie – die biederen, langweiligen, grauen Felmys und die biederen, langweiligen, grauen Minnichs – war vollzählig vertreten. Cousin Matthias, gerade von einem langen Englandaufenthalt zurückgekehrt, geigte brav Mozart, flötete Kimberley etwas von Bach, die anderen beiden Cousins glotzten dumm aufs Meer hinaus oder stierten meinen bloßen Bauchnabel an.

Das alles fanden Britt und ich so unpassend, so stillos, dass wir uns bei den Händen fassten und von all dem fort und ins Bett flüchteten. Hier lachten wir abwechselnd laut und brüsk durchs offene Fenster in die Nacht hinaus, wir waren unwirsch und zornig. Ich gab Britt jedes Mal recht, wenn sie fluchte, und fluchte selbst auch.

An diesem Abend kam Kimberley lange nicht. Wir konnten nicht begreifen, was sie so lange am Strand trieb. War sie denn plötzlich eine Freundin von Partys geworden – noch dazu einer solchen, die selbst sie langweilen musste? Die Zeit wurde schließlich trotz der unterhaltsamen Flüche lang, und wir schliefen gegen unseren Willen ein, ohne Kimberley noch einmal gesehen zu haben.

Am nächsten Tag wollten wir natürlich sofort wissen, wo sie in der Nacht gesteckt hatte. Aber als wir ihr gegen Mittag das erste Mal begegneten, war Kimberley verändert, so verändert, dass unsere Attacke im ersten Anlauf stecken blieb. Unsere Schwester tat Dinge, die sie nie zuvor getan hatte: Sie trug eine rosa Schleife im Haar, die sie fremdartig aussehen ließ, ging leise singend und mit nackten Füßen auf den langen Gängen im Haus herum, machte alle paar Schritte Halt, um sinnend ihre Hände und Füße zu betrachten. Was war geschehen?

Nichts, so sagte man uns. Kimberley habe in der vergangenen Nacht zum Ende der Party lediglich einige Male mit Matthias Walzer getanzt und dann ausgiebig im Meer geplanscht. Belanglosigkeiten, sonst nichts.

Als Kimberley aber an diesem Abend, einen Tag nach ihrem Geburtstag, zu uns ins Zimmer trat und sich entkleidete, sahen wir, dass ihre ganze noch knabenhafte Gestalt, vor allem aber ihr feines Gesichtchen mit den gro-

ßen grauen Augen unter dem blonden Wu-
schelhaar, wirklich schön war. Sie zog einen
himmelblauen Schlafanzug an, setzte sich lächelnd zu uns aufs Bett, schlug die Beine über-
einander und sagte: »Sagt mal, welchen von
unseren drei Jungen mögt ihr eigentlich am
liebsten?«

Britt, die immer noch wütend war, drehte
sich geräuschvoll im Bett um. »Papperla-
papp!«, sagte sie. »Für so was bist du noch viel
zu jung. Mach lieber die Funzel aus und
schlaf!«

»Wenn ich es nun aber wissen will!«, rief
Kimberley. »Denn einer von ihnen ist doch
besonders nett, oder?«

»Na gut, den dicken Grex mag ich, wenn
schon einen. Und was weiter?«, sagte Britt.

»Ausgerechnet den?«, sagte Kimberley.
»Und warum nicht einen anderen?«

Wir kicherten. Britt knipste die Nacht-
tischlampe aus und stieß ein girrendes Lachen aus. Sie johlte: »Dann wirf dich doch
Matthias an den Hals. Aber lass uns endlich
schlafen!«

Dann trat eine Pause ein. Wir hörten Kimberley in ihrem Bett herumwirtschaften, worauf plötzlich das Licht wieder anging. Kim-

berley saß aufrecht da, sehr viel bleicher als zuvor, und sagte: »Nein, *das* will ich ja gar nicht.«

»Was?«, fragte ich.

»Na, *das*. Es geht wupp wupp.«

»Wupp wupp?«

»Ja, alle sagen, es geht wupp wupp. Nein, das ist ja keine Liebe.«

Sie blickte Britt und mich hilfesuchend mit großen Augen an, besonders aber mich, vielleicht weil sie von mir als der Ältesten besonders viel Verständnis erwartete. Ich fand jedoch, dass sie viel zu viel aus allem machte, und grinste nur: »Du bist nicht cool, Schwesterchen, das ist dein Problem. Bald bist du dreizehn, da glaubt doch kein Mensch mehr an die große Liebe.«

»Doch!«, sagte Kimberley.

»Dann bist du uncool. Willst du das? Man braucht sogar mehrere Jungs, sonst ist man ja ein Spießer.«

»Nein!«, schrie Kimberley nun. »Nein und nein! Wo wäre denn dann der Unterschied zwischen dem, den man liebt, und all den anderen?«

Ihr Ton machte mich unruhig. Nervös schaltete ich das Licht wieder aus, holte tief

Luft und sagte: »Schön, Schwesterchen. Wenn du nun recht hättest: Was willst du denn tagein, tagaus mit ihm machen, mit dem einen, den du liebst? Anhimmeln bei Tag und anhimmeln bei Nacht? Geigen und flöten, he?«

Kimberley schwieg. Es folgte nur ein Schnaufen, dann ging das Licht wieder an, und sie lag lang ausgestreckt im Bett, blickte zur Deckenlampe empor und sagte: »Geigen und flöten? Warum nicht. Ja, er geigt, und ich flöte, so wird's sein, genau so wird's sein. Der Opa sagt ja auch, dass es geht, und er sagt, man braucht nur *einen* im ganzen Leben, nur einen Einzigen, den man wirklich liebt. Und das stimmt. Und das mit der Espe auch.«

Die Espe! Sie ließ sich nicht belehren, und nun kam sie auch noch mit der Espe! Ich schrie fast vor Lachen: »Du gehst also zur Espe?«

»Ja!«

»Zum Wünschen und zum Zaubern?«

»Ja, natürlich.«

»Nein!«, rief ich. »Das geht doch gar nicht. Hörst du? Matthias, dein Angebeteter, den du so liebst, wird dir davonlaufen wie ein gejagtes Wild, mit hohen, weiten Sprüngen!«

Ich hatte mich so in Rage geredet, dass ich nicht weitersprechen konnte.

Die Sache ließ mir auch an den folgenden Tagen keine Ruhe. Ich beobachtete Kimberley heimlich, beriet mich mit Britt in der Gartenlaube, und schließlich lauerten wir ihr eines Tages auf, als sie der Espe einen ihrer Besuche abstattete.

Es war eine milde Juninacht, der Mond hatte den ganzen Garten mit hellem blauweißen Licht überstrahlt, die Jasminsträucher, von denen unser Haus reichlich umgeben war, blühten duftend. Mächtig und breit stand die alte Espe unten am Teich, hundertarmig vom Boden an, jeder Arm viele Meter seitlich gestreckt und aufwärtsgebogen, alle Arme behangen mit dreieckigen und gezackten wispernden Blättern.

Wir hockten im Fliederstrauch, nur einen Meter von der Espe entfernt, in Miniröcken. Kimberley kam in einem langen, wehenden dunkelblauen Kleid vom Haus her durch den Garten auf uns zu. Sie hielt am Teich kurz inne, sah den Mond an und sagte etwas, das wir nicht verstanden. Dann ging sie zur Espe, blieb vor ihr stehen und sagte laut: »Ich habe eine Bestellung an das Universum.« Daraufhin schlüpfte sie ins Geäst, war eine Weile fort, bis ihr Kopf vor dem Meer zitternder Blätter wieder auftauchte. Was sie nun sagte, war fast ein Singen, ein Singsang von Wörtern. Matthias war es natürlich, um den es ging, Matthias, mit dem sie am Strand so einmalig getanzt und musiziert hatte, Matthias, den sie liebte und der sie wiederlieben sollte. »Du liebes Universum! In vier Jahren, wenn ich sechzehn bin, ist er zweiundzwanzig, da lass mich Hochzeit halten mit Matthias Felmy.«

Ein merkwürdiges Zeug, fand ich. Das alberne Gebet eines zwölfjährigen Mädchens. Britt empfand es auch so, wie sie mir später sagte. Und doch, wie wir da im Fliederstrauch saßen, waren wir gebannt – viel weniger allerdings vom Sinn dieser Worte als vielmehr von der Melodie, die ihre Stimme fast zu singen schien, und vor allem aber von dem Bild, das ihr Gesicht inmitten der Blätter abgab. Ich verachtete mich, dass ich sie so schön fand, ich versuchte wegzuschauen, aber es gelang mir nicht. Sie *war* schön, ein Zauber, der sie aussehen ließ wie gemalt, klar und rein und ganz und gar so, dass wir das Gefühl hatten, die Augen niederschlagen zu müssen. Und dennoch konnten wir nicht aufhören, sie anzustarren.

Als Kimberleys Gesicht wieder in der Espe verschwunden war, nahmen Britt und ich den Weg zurück über das Teichufer, das durch Buschwerk gut abgeschirmt war. Britt atmete hörbar und versuchte, vor sich hin zu summen, verstummte aber nach den ersten Takten. Als wir schon dicht am Haus waren und Tante Minnich mit ihrem ballonförmig hochgesteckten Haar auf der Terrasse sahen, die anderen Tanten und die drei Cousins um sie herum, flüsterte Britt: »Jetzt ist das Kind übergeschnappt.«

»Ja, total übergeschnappt«, sagte ich. »Und schuld ist der verdammte Opa, der sie ganz und gar um den Verstand bringt.«

»Ja, der Alte spinnt«, flüsterte Britt. »Was machen wir denn jetzt mit Kimberley?«

Das war eine gute Frage. Was sollte man tun, um das Schreckliche, das vor unseren Augen mit unserer Schwester geschah, zu stoppen? Vielleicht sollte ich mir Kimberley einmal vorknöpfen. Mit deutlichen Worten, wenn es sein musste. Vielleicht würde ich sie bei Tante Minnich anschwärzen. Vielleicht würde ich sie in ihrer Schulklasse aufsuchen und all den Kindern vom mondbeschienenen Treiben ihrer Mitschülerin erzählen. Ich sann eine Weile nach, doch meine Gedanken waren nicht recht bei der Sache. Als ich das Schlafzimmer betrat, sah ich wieder Kimberleys Gesicht vor mir. Ich ging zum Fenster, hielt Ausschau nach ihr und hörte genau hin, ob ich denn das Rascheln der Espe bis hierher hören konnte. Da alles still blieb, griff ich unwillkürlich zum Handspiegel auf dem Nachttisch, warf mich aufs Bett und blickte hinein. War ich schön? Konnte mein Gesicht einem Vergleich mit Kimberley standhalten?

»Ja, du bist schön«, sagte Britt, die auf ihrem Bett saß und an ihrem Nasenring fingerte. »Du bist die Schönste, blabla, die Schönste im ganzen Land.«

Da sprang ich auf und rannte hinaus, wütend und in höchstem Maße unzufrieden. Was hatte ich gesehen? War ich hässlich? Nein, nicht hässlich, aber ich hatte große Ohren, der Mund war etwas zu breit, aber hübsch, vorteilhaft sinnlich, alles normal eben. Zu normal allerdings, schien mir, ein wenig kalt, zu eindeutig irdisch, zu platt.

Beunruhigt ging ich wieder ins Freie, lief am Teich entlang, diesmal in entgegengesetzter Richtung, kam zur Espe, hörte sie im Wind rauschen, aber Kimberley war nicht da. Ich drehte hastig wieder um. Mein Spiegelbild ging mir nicht aus dem Sinn. Geduckt schlich ich den weißen Kiesweg an der unteren Fensterfront unseres Hauses entlang, um hinter den Scheiben Gesichter zu erspähen, die ich mit meinem Gesicht vergleichen konnte. Da sah ich Opa Ludwig, pausbäckig und stoppelbärtig, in der Bibliothek im Schaukelstuhl sitzen und schlafen, und ich sah Matthias in seinem Schlafzimmer mit seinem guten eckigen Gesicht unter dem welligen Haar auf dem einfachen Feldbett liegen und ebenfalls schlafen. Beide hatten Gesichter voller Entspanntheit, Ruhe und Gewissheit. Alles das war nicht zu vergleichen mit der Leere meines eigenen Gesichts. Was hatten sie, das mir fehlte?

Am nächsten Tag ließ ich Kimberley in Ruhe, unternahm auch bei Tante Minnich und in der Schule nichts, obwohl ich es mir beim Aufstehen fest vorgenommen hatte. Nur die einfache Holzstiege zu Opa Ludwig kletterte ich hinauf und beschimpfte ihn lange und gründlich als Übeltäter und Märchenerzähler.

Am Abend, wie von einem Drang getrieben, ging ich allein in den Garten und näherte mich voller Zorn der alten Espe. Ich weiß noch, ich wollte etwas sagen, etwas Unflätiges, schreien wollte ich, und Schimpfwörter sollten darin vorkommen. Stattdessen kletterte ich zwischen die Zweige und sagte lange Zeit nichts. Wieder wehte der Wind frisch, der Mond beleuchtete stumm Garten und Teich, die Espenblätter raschelten, und ich schwieg.

Ich wusste nicht mehr, was ich sagen wollte. Alle Kraftausdrücke waren mir davongeschwommen wie eilige Fische im Bach. Kimberleys Heiligengesicht war mir wieder eingefallen, während mir in einem fort durch den Kopf ging: Ich möchte aussehen wie Kimberley. Plötzlich sagte ich es laut: »Ich möchte aussehen wie Kimberley.« Dann steckte ich wie am Vortag die Schwester erschrocken den Kopf aus den Zweigen und sah mich um. Hatte mich jemand gehört? Schämen sollte ich mich. Nicht nur dafür, dass ich hier im Garten Selbstgespräche führte und dass ich einen so seltsamen und eitlen Wunsch ausgesprochen hatte. Nein, ich hatte diesen Wunsch auch noch gegenüber einem alten Baum geäußert, als könnte der ihn erfüllen. Ausgerechnet ich!

Nein!, rief eine Stimme in mir. Nein, nein! Das ist ein Irrtum.

Da erkannte ich, während ich mich erneut umsah: Es war niemand da. Niemand hatte meine Stimme gehört, niemand meine Gedanken gelesen, niemand mich auch nur erblickt. Da gab es nur den stillen Garten, den Mond, den Teich, die Espe, die mit ihren hunderttausend Blättern hunderttausendfach grün und grünsilbern flirrte und zitterte. Konnte ich angesichts dieser großen, silberblauen Welt, in der ich ganz alleine war, nicht ebenso gut einmal annehmen, für einen Augenblick nur, der Baum hätte wirklich jene große Zauberkraft?

Lange stand ich, versteckt im Laubwerk, im Geflüster des Baumes und kämpfte mit mir. Endlich, indem ich mich unwillkürlich an den Ästen festhielt, sagte ich ins Halbdunkel hinein: »Zauber hin, Zauber her, ich möchte aussehen wie Kimberley.« Und der Baum schien zu flüstern: »Ja gut, ja gut…« »Ja, genau wie Kimberley«, sagte ich trotzig. In diesem Augenblick fand ich mich schon wieder lächerlich, und seltsam war, dass ich es laut sagte: »Ich bin ja total lächerlich!«

»Vor wem denn? Vor wem in der weiten Welt? Du bist nicht lächerlich ...«

»Nicht?«

»Nein, sag noch mehr ... Sag ruhig noch mehr ...«

»Gut«, sagte ich. »Kimberley soll ihren Matthias bekommen.« Dann schwieg ich. Ich schwieg lange. Warum lag mir auf einmal so viel an Kimberley?

Sehr spät in dieser Nacht kam ich in die »Meerhexe« zurück. Die große Standuhr in der Bibliothek schlug zwölf, das Meer schien durch die geöffneten Fenster in die Vorhalle zu rauschen, und ich dachte immerfort an das Gespräch mit dem Baum. Es war ein Selbstgespräch gewesen. Aber diese Erkenntnis enttäuschte mich nicht, im Gegenteil, ich war heiterer geworden, so heiter, dass ich Lust verspürte, zum großen Wandspiegel am Treppenaufgang zu gehen, um zu sehen, ob ich nicht doch Kimberley ein wenig ähnlicher geworden war.

Aber ich tat es nicht. Die Heiterkeit sollte mir bleiben. Wichtiger war mir jetzt, Kimberleys Gesicht zu sehen, *ihr* Gesicht, das

eben nur ihr gehörte, und ihr etwas Freundliches zu sagen. »Ich liebe dich«, wollte ich
ihr sagen, nichts anderes, immer wieder »Ich
liebe dich«.

Und ich ging hin und sagte es ihr.

Arnold Küsters

Frühstück in Eutin

Der Rahmen war dem Anlass überaus angemessen. Abseits des Hin und Her kurzbehoster und gelangweilt daherkommender Touristen sowie flipflopschlappender Urlauberinnen in uniformen Shorts und Hängerchen, bot der Innenhof des Eutiner Stadtschlosses die kühle Erlösung von dem in diesen Tagen allgegenwärtigen Übel.

Mich umgab eine kostbare Stille, die unbemerkt aus den ockerfarben gestrichenen Wänden tropfte und sich im stetigen Sprudeln der halbhohen Fontäne verlor, die unaufdringlich den Mittelpunkt des Schlosshofes behauptete. Die vom Wetter grauen Sitzmöbel aus garantiert kontrolliertem Teakholzanbau – ich habe das übrigens kurz überprüft – und der mächtige Oleanderbusch unterstrichen die, trotz der barocken Geschichte, mediterrane Leichtigkeit des vom Architekten trefflich proportionierten Gevierts.

Über allem ein holsteinischer Himmel, blau, mit lieblich quellenden Wolken, die eine

Weile in den Hof hinabschauten und dann weiterzogen.

Zur Umgebung passte die Speisekarte des Lokals im Innenhof. Sie glich eher einem schmalen Lyrikbändchen denn einer Zusammenstellung von Speisenamen. Wobei, auch sie klangen wie eine Ode an die Freude der Nahrungsaufnahme. So offerierte die Publikation der Schlossküche neben anderen das Frühstück »Kammerherr«: reichlich Parmaschinken, italienischen Käse, Bio-Ei, Fruchtaufstrich, Croissant und Pain Rustique, dazu wahlweise »Kaffee satt«, Cappuccino oder andere Kaffee-Spezialitäten. Zum Wohlfühl-Frühstück wurde wie selbstverständlich *Dulce de Leche* angeboten. Feinsinniger hätte kein Dichter diese Zeilen zu Papier bringen können. In der Tat: Dieser hellblaue Tag in Eutin begann durch und durch herrschaftlich.

Hier ging es darum, das Frühstücken als eine der höchsten kulturellen Errungenschaften der modernen und aufgeklärten Zivilisation zu zelebrieren und zu würdigen.

Nahrungsaufnahme in wahrhaft großem Stil! Das war etwas ganz anderes als das, was der Großteil der Bevölkerung jeden Tag absolvierte, nämlich wahllos Lebensmittel, dazu dubioser Herkunft und von minderer Qualität, gedankenlos in sich hineinzustopfen. Angesichts dieser, besonders in bestimmten Bevölkerungsschichten, weit verbreiteten Dickfelligkeit den feinen Lebensarten gegenüber, erschien mir der Satz aus dem ›Freischütz‹ des Eutiners Carl Maria von Weber in seinem eigentlichen Licht: »Mich umgarnen finstre Nächte.« In diesem Schlosshof hingegen war alles hell und von vornehmer Zurückhaltung.

Auch die Serviererin war sich ihrer exklusiven Rolle bewusst. Sie kam nicht einfach an den Tisch, sie trat heran und erkundigte sich höflich, aber diskret nach den Wünschen des ihr unbekannten Herrn, der ihr in den kommenden Stunden zweifellos die wichtigste Begegnung des Tages sein würde. Wie konnte ich anders, als mich wohl zu fühlen, wie man sich nur wohl fühlen kann, in einer fürstbischöflichen Umgebung, morgens um zehn und mit gehörigem Frühstückshunger.

Ich würde auf keinen Fall irgendwelche Reste zurücklassen, das wusste ich schon mit einem Blick auf die wohlbestückten Nachbartische. So etwas geziemte sich ohnehin nicht, und schon gar nicht in einem Schloss. War ich doch entsprechend erzogen worden.

Was auf den Tisch kommt, wird aufgegessen. Das gehörte sich so, besonders für einen Metzgersohn, der in den Fünfzigerjahren groß geworden war. Man ließ keine Reste und aß seinen Teller leer. So war das damals und so hielt ich es auch heute. Stets zur wohltuenden und augenfälligen Zufriedenheit meiner und meiner Gastgeber. Mein Blick zum Torturm, den eine große Uhr zierte, zeigte mir, dass ich zur rechten Zeit gekommen war, ich lag mit meinem Frühstückswunsch genau in der Zeit zwischen Morgen und Vormittag.

Selbstredend war ich dem Anlass entsprechend angezogen. Zum Frühstück war ich eben nicht in Shorts, geschweige denn in einem jener bunt bedruckten T-Shirts erschienen, die in Wahrheit nur an einem sonnigen südlichen Strand ihre Berechtigung haben. Schon im Vorfeld hatte ich bei einem ersten flüchtigen Besuch des Schlosshofes erkundet, ob meine für den Urlaub vorbereitete Garderobe denn auch dem angestrebten Anlass genügen würde. Wenn schon nicht nach der Mode eines Kammerherrn gekleidet, das wäre dann doch ein wenig dick aufgetragen gewesen, trug ich an diesem Tag standesgemäß eine lange Hose und ein unauffällig gestreiftes

Hemd in gedeckten Farben. Die Tatsache, dass es im Hof nicht durchgehend sonnig war, nahm ich zufrieden zur Kenntnis. Ich würde also sicher nicht schwitzen in meiner anthrazitfarbenen Oberbekleidung.

Die Serviererin trug ihr Tablett mit einer ihr eigenen Anmut, die mich rührte. Sie erinnerte an die Grazie, wie sie nur Römerinnen des ersten Jahrhunderts nach Christus eigen war. Dass die junge Frau wahrscheinlich aus Pelzerhaken stammte, seit eineinhalb Jahren jeden Morgen mit dem Bus nach Eutin zur Arbeit fuhr und dass sie ihre blonden Haare mit einem dünnen Reif eine Spur zu nachlässig bändigte, ließ ich großzügig als Zugeständnis an die modernen Zeiten gelten. War ich doch selbst ein Kind meiner Zeit.

Nun stellen Sie sich einen Teller vor, auf dem in wunderbarer Harmonie eine Viertelscheibe Melone, eine halbe Scheibe Ananas, vier Weintrauben, eine nicht näher bestimmbare Menge Schinken, auf jeden Fall aber genug, üppig gute Butter und vier Scheiben Käse adrett angeordnet lagen. Das Porzellan war kein praktisches Kantinengeschirr, sondern ausgewähltes Bone China, Relikt einer längst untergegangenen Epoche.

Die Bestellung war getätigt, »Kammerherr« sollte es sein. Eine gute Wahl, wie die Serviererin bestätigte. Während ich wartete, hatte ich ausreichend Zeit und Gelegenheit, mich geboten unauffällig umzusehen. Die hohen Türen und Fensterrahmen des Gebäudes waren in einem hellen Grau gestrichen, das sich deutlich vom Ockergelb der Wände abhob. Der Aufgang zum Museum, neben dem Durchgang zur Schlossküche, war mit einem roten Teppich geschmückt, flankiert von zwei hohen Ständern aus Holz, die griechisch anmutende Schalen mit Geranien trugen.

Unter den mit Segeltuch bespannten Schirmen hatte eine Familie mit einem kleinen Jungen Platz genommen. Während das Kind über das grobe Pflaster aus Kieselsteinen kroch, suchten seine Eltern, er trug das Haar wie Bryan Adams, Jeans, Polohemd und Chucks, sie versuchte trotz übereinandergeschlagenen Beinen nahe am Tisch zu sitzen, das passende Frühstück aus. An einem anderen Tisch tafelte eine kleine Reisegruppe aus zwei älteren Paaren und einer jungen Mutter mit Tochter. Die Frau führte das Wort und erklärte ihren Zuhörern ihr Leben mit Mann und Kind. Auffällig war das Pärchen am Brunnen: Er trug seine kräftige Sonnenbrille ins Haar gerückt, der Schal passte farblich zu dem hellgrünen Poloshirt, das eng an seinem massigen Oberkörper saß. Wenn er mit seinen Füßen scharrte, hörte man das helle Schleifen der Metallplättchen unter seinen Absätzen. Seine gertenschlanke Partnerin wippte beständig mit den Beinen, dabei blieb ihr Oberkörper trügerisch ruhig. Wie um die Bedeutung seiner Worte zu unterstreichen, beugte er sich von Zeit zu Zeit ihr zu, was sie mit einem hellen Lachen würdigte.

Mein Frühstücksei wurde etwas später an den Tisch gebracht. Frisch zubereitet! Ein Zeichen von Wertschätzung. Wo gab es das heute noch? Sicher nicht in diesen lauten und oberflächlichen Cafés, die ihren Namen nicht verdienten, die aber zu allen Tageszeiten brechend voll waren. Allein bei dieser Vorstellung begann mein Magen zu revoltieren.

Während ich das erste Brötchen, Pain Rustique, aufschnitt, mit Butter und Parmaschinken belegte, bemerkte ich, dass der kleine Junge am Boden das eine oder andere abgefallene Geranienblatt gefunden hatte und sich in den Mund stopfte. Seine Eltern, die mittlerweile ihre Frühstückswahl getroffen hatten, quittierten seinen Entdeckerdrang mit einem Lächeln. Die Frage, ob die Blätter womöglich giftig sein könnten, schien sie nicht zu sorgen. Nun, das werden sie sicher einordnen können, dachte ich zufrieden und biss hingebungsvoll in den Schinken.

Die beiden Spatzen hatte ich schon eine ganze Weile beobachtet, wie sie sich näherten, dann wieder das sichere Weite suchten, um dann umso neugieriger an meinen Platz zu flattern. Wie lustig und frech die jungen Spätzchen nach den Krumen jagten, die von meinem Tisch fielen! Die Spatzen dieser Welt waren doch alle gleich, dachte ich vergnügt und wischte ein paar zusätzliche Krümel vom Tisch. Sollten auch sie ihre Freude an dem so fürstlichen Mahl haben.

Während sich um mich herum eine erwartungsfrohe Frühstücksgelassenheit breitmachte, der Springbrunnen seinen Teil zur wohligen Schläfrigkeit beitrug, die auch der kräftige Milchkaffee nicht zu schmälern vermochte, hörte ich ein Geräusch, das ich zunächst nicht zuordnen konnte. Erst als ich das geköpfte Bio-Ei leicht mit Salz bestreute, sah ich sie: die Fliege. Sie hatte sich am Rand des Tisches niedergelassen und verharrte dort.

Lediglich ab und zu flog sie kurz auf, das verursachte das Geräusch, um sich wenige Zentimeter daneben erneut niederzulassen. Aber sie blieb stets am Rand des Tisches.

Während ich zum Croissant überging und es mit dem Fruchtaufstrich verfeinerte, fiel mir auf, dass sie mich fixierte. Sie beobachtete mich! Mich! Warum? Insekten haben keinen Intellekt, dachte ich, um mich zu beruhigen. Dennoch irritierte mich diese Fliege auf eine bisher nicht bekannte Art und Weise. Vielleicht war es diese ungeheure Ruhe, die von ihr ausging. Sie krabbelte auch nicht länger herum. Sie saß einfach da und starrte mich an. Als sei ihr gewiss, dass ich ihr nicht entkommen würde, als wüsste sie, was ich dachte und tat. Ausgerechnet dieses kaum zwei Zentimeter große Wesen am Rand meines Frühstückstisches tat so, als wüsste es alles.

Ich ließ sie nicht aus den Augen. Die Fliege rieb gelegentlich ihre Vorderbeine aneinander. Es sah aus wie Vorfreude.

So ein Unsinn, beruhigte ich mich. Lass dich nicht aus der Ruhe bringen! Iss dein Croissant, iss dein Obst. Und wenn es sein muss, kannst du in das Lokal hineingehen, wenn du nicht am Tisch auf die Rechnung warten willst. Diese Fliege kann dir egal sein! Mensch, es ist nur eine Fliege.

Allein, es half wenig. Je länger dieses Insekt mich mit seinen Facettenaugen anstarrte, umso mehr beeilte ich mich, mein Frühstück zu verzehren. Normalerweise bestelle ich zum Frühstück gerne zwei oder drei Milchkaffee, dieses Mal begnügte ich mich mit einem. Ich hatte das unbedingte Bedürfnis, mich nicht länger als nötig an diesem Ort aufzuhalten. Alle Versuche, die Fliege mit meiner Serviette in ihre Schranken zu verweisen, sie fortzujagen, schlugen fehl. Hatte ich sie endlich verscheucht, tauchte sie wenig später wieder auf, nur um sich an genau die Stelle zu hocken, von der ich sie gerade erst vertrieben hatte. Und wieder dieses unerhörte, zufriedene Aneinanderreiben der Fliegenbeine, das Überstreichen des Kopfes und der Flügel. Und je mehr ich meine Aufmerksamkeit diesem niederen Insekt widmete, desto größer schien es zu werden.

Ich sollte mich wohl besser wieder auf mein Frühstück konzentrieren! Der italienische Käse war noch übrig. Unter anderen Umständen hätte ich ein weiteres Brötchen bestellt. Aber ich hatte die Lust am Frühstücken verloren.

Schnell schob ich mir die mit meinem Messer zerteilten restlichen Käsescheiben in den Mund, ohne die Fliege aus den Augen zu lassen. Ich sah zu den anderen Tischen hinüber, niemand schien meine Not zu bemerken. Im Gegenteil, um mich herum nur fröhliches Lächeln, freundliches Nicken, zufriedene Laute. Einzig ich fühlte mich hilflos diesem Tier ausgeliefert. Es ließ mich nicht aus seinem Blick. Ich versuchte schon gar nicht mehr, es zu verscheuchen. Ich wollte auch nicht, dass die anderen Gäste durch mein beständiges Wedeln mit meiner Serviette aufmerksam wurden. Was würden sie von mir denken? Dass ich nicht einmal mit einem lästigen kleinen Insekt fertigwerde? Dass ich schrullig und seltsam bin, vielleicht sogar krank? Und wer wollte schon so einen in der Nähe haben? Nein, ich musste mein Frühstück möglichst schnell beenden und den Schlosshof verlassen.

Ich war ohnehin satt. Das reichliche Frühstück würde den Tag über vorhalten und mich erst gegen Abend einem Lokal zustreben lassen. Ich brauchte nur die Rechnung bezahlen, aufstehen und gehen. Was scherte mich dieses Vieh?

Ich sah noch einmal in die Runde. Alles blieb ruhig. Schnell. Das Kind hatte inzwischen sein Interesse an den Geranien verloren, Bryan Adams hatte immer noch nicht seine Gitarre aus dem Kofferraum seines X5 geholt, der Koloss am Nebentisch hatte seine Hand auf dem Unterarm seiner Freundin vergessen. Allein die junge Mutter hatte ihre liebe Not mit den Fliegen, die auf dem hellblauen Sonnenhütchen ihres Töchterchens herumkrabbelten.

Ich hatte genug gesehen. Jetzt galt es zu handeln. Es brauchte nur eine kurze ansatzlose Bewegung meiner Hand. Die dicke träge Fliege hatte nicht die geringste Chance. Ein gedämpftes ärgerliches Surren war aus meiner geschlossenen Hand zu hören, dann zerbiss ich zufrieden den Chitinpanzer, der gerade noch satt und grün in der Sonne geschillert hatte.

Ich lasse niemals Reste zurück. Niemals.

Asta Scheib

Glück vom Odeonsplatz

Ich fürchte, meine Familie ist im Delirium.

»Wie herrlich, wie berauschend!«, ruft Mutter Hueber, und ich weiß, warum sie, die Brummige, plötzlich derart ekstatisch ist. Meine Mama hat es mir zugeflüstert. »Jetzt werden sie wieder jeden Tag berauscht sein, die Huebers, nicht nur vom Bier. Völlig fremd werden sie einem. Das muss eine unsichtbare Macht sein, eine fremde Landschaft, die sich unserem Blick entzieht.«

Wiesn heißt die Macht, die fremde Landschaft, man kann auch Oktoberfest dazu sagen. Dort gibt es Bier, sagt meine Mama, und zwar nicht maßvoll, wie sonst bei den Huebers, sondern jeder trinkt eine volle Maß – und der Herr Hueber trinkt davon mehrere. Und dann sagt der so Sätze wie: »Wenn der unermessliche Münchner Himmel sich über der Münchner Stadt wölbt.« Das ist ein großer Satz für einen Hausmeister und ein noch größerer für einen kleinen Kater wie mich. Unermesslich. Die müssen es ja wissen, ob

man den Himmel nicht messen kann. Sonst
können die doch alles messen. Zum Beispiel
das Futter für meine Mama und mich. Das ist
kein bisschen unermesslich. Auch der al-
lerkleinste Kater kann das ermessen.

»Kein Wölkchen ist am Himmel!«, jubelt
die Tochter Theres. Sie hängt so weit aus dem
Fenster, das glaubt man nicht. Ich sitze auf
der anderen Fensterbank, und ab und zu höre
ich den Schrei eines Vogels, der aus der Tiefe
des Himmels herunterfällt. Aber wohin bloß?
Die Münchner Stadt muss ausgestorben sein.
Ich glaube, alle Männer, Frauen und Kinder
haben die bunten Felle ihrer Ahnen angelegt
und kommen zu uns zum Odeonsplatz ge-
rannt. Schon seit dem Morgen wimmelt es
von Menschen und Pferden vor dem Haus, in
dem die Huebers, meine Mama und ich wohnen. Wir haben die Hausmeisterwohnung
inne, vierter Stock über der Bank Salomon
Oppenheim. Zuerst hat es mich etwas gegru-
selt, wenn ich auf der Fensterbank gesessen
bin und runtergelauert hab. Aber denk ja
nicht, dass du hier einen anständigen Vogel
erwischst. Von Mäusen gar nicht zu reden.
Meine Mama und ich sind auf die nicht uner-
messlichen Portionen Katzenfutter angewie-

sen, die von Aldi stammen oder von Plus. Mama und ich wissen, dass die Huebers gern in den Augustiner gehen zum Essen, und an uns sparen sie.

Jetzt wird's interessant. Jetzt schubsen sich Mutter und Tochter Hueber gegenseitig vom einzigen bodenlangen Spiegel weg. Jede hat in diesem Jahr ein neues Dirndl bekommen. »So kannst du nicht herumlaufen, Theres!«, ruft die Mutter Hueber. Dann schreit sie nach ihrem Mann. »Max! Jetzt sagst du aber auch einmal was!« Der Herr Hueber kommt, fegt mich mit seinem Fuß beiseite. Wahrscheinlich will er keine Zeugen, denn er hat am Ausschnitt von der Theres rein gar nichts auszusetzen. »Wos is?«, fragt er scheinheilig. »Wos willst denn, so laufen's doch alle rum!«

Die Theres hat dem Papa ein Küsschen gegeben, ich habe es genau gesehen, denn ich bin wieder an meinem Platz neben dem Ohrensessel. In den werde ich gleich reinspringen, wenn die Huebers auf der Wiesn sind. Jetzt sehe ich aber erst mal die Augen von der Frau Hueber. Die sind nämlich grün von Wut. Sie findet den Ausschnitt am Dirndl ihrer Tochter immer noch pfeilgrad unanständig. Und akkurat jetzt muss der Hueber wieder querschießen in ihre Erziehungsmaßnahmen. Und wenn die Madeln tausendmal alle so rumlaufen, die Hueber Theres nicht! Warum lässt sich das Luder nichts mehr von der Mutter sagen? Die Theres tut es ihr doch mit Fleiß, dass sie den Busen immer höher schnallt. Die Hueberin tät sich der Sünden fürchten, wenn sie einen solchen Ausschnitt vor sich hertragen müsste. In ihrem eigenen prangen frische Moosröschen, das ist der Brauch, und der ist immer anständig.

Ich persönlich mag ja die Hueberin mehr als den Hueber. Der kann meine Mama nicht leiden, und mich schon gar nicht. Meine beiden Brüder und Schwestern hat er gleich bei unserer Geburt fortgebracht. Meine Mama und ich wissen nicht, wo sie sind. Wir sind sehr allein, wir beide – jetzt allerdings noch nicht. Ich höre von draußen das, was die Menschen Musik nennen. Tsching, tsching, bumbum und tschingderassassa, so schallt es zu mir herauf, und ich höre Pferdehufe trappeln, Wagenräder knarren und Peitschen knallen. Menschen geben Töne von sich, die ich für mich erst sortieren muss. »Sie jauchzen«, sagt meine Mama. Ihr macht das nichts mehr aus, auch nicht das Gejohle, sie kennt das ja schon.

Ich habe mich zu ihr nach hinten verzogen, unter die Couch, wo sie sich eingerollt hat, weil es dort leiser ist als unterm Fenster. Da hängen jetzt die Huebers drin, und die jauchzen und schreien auch. Vor allem der Herr Hueber, der seinen Spezln, die an der Straße stehen, zuwinkt und stolz ist auf das noble Bankhaus, in dem er immerhin die Position des Hausmeisters hat.

Meine Mama sagt, dass sie nicht genau wisse, wie prominent der Hueber sei, aber sie schätze, dass er zumindest eine Rarität sein müsse, denn Bankbeamte gebe es jede Menge im Hause Salomon Oppenheim, Hausmeister aber nur einen.

Herr Hueber hat seinen grauen Trachtenjanker angezogen und die lederne Kniehose, denn gleich, wenn der Festzug beendet ist, gehen die Huebers auf die Wiesn. Dann hätten wir die Wohnung für uns, sagt die Mama, und sie habe schon erreichbare Vorräte ausgekundschaftet. Wir würden es uns gutgehen lassen, denn die Familie sei ja wiesnverrückt. Nur der Leopold, den ich von der Familie am besten leiden kann und dem die Mama und ich auch gehören, der mag weder den Festzug anschauen noch mitgehen auf die Wiesn. Er ist neun, der Leopold, und ich glaube, er ist mein Freund. Als meine Geschwister und ich auf die Welt gekommen sind, wollte der alte Hueber uns alle der Mama wegnehmen. Da hat der Leopold aber vielleicht einen Tanz gemacht! Hut ab! »Gib doch zu, dass du sie umbringen willst!«, hat der Poldi geschrien. »Gib es doch zu!« Da hat der alte Hueber auch gebrüllt, dass eine Katze genug sei und dass der Leopold das Katzenklo nicht säubere und, und, und. Das mit dem Katzenklo, da ist was dran, aber die Theres hat das auch nie sauber gemacht. Immer nur die Hueber-Mutter. Aber die hat es dann wieder dem Alten ins Ohr geblasen. So läuft das bei den Menschen.

Meine Geschwister hat der Hueber-Vater in der Verwandtschaft untergebracht. Mich jedoch wollte keiner. Bloß weil ich ein schwarzer Kater mit einem weißen Ohr bin, will mich niemand haben, und Vater Hueber ist fest entschlossen, mich morgen ins Tierheim zu bringen. Leopold will davon nichts wissen. »Der kommt fei nicht ins Tierheim! Die verkaufen ihn an ein Versuchslabor. Da wird er gequält! Ich will das Katerchen behalten!«

Draußen kommt wohl gerade eine besondere Kutsche näher. Man hört es am Gekreisch der Menschen. Sofort beugen sich die Huebers noch weiter aus dem Fenster. Vater, Mutter und Tochter werden bestimmt gleich rausfallen, wäre auch nicht schlecht. Leopold hat meine Mama und mich in den Katzenkorb gesetzt. Er steht mit uns am anderen Fenster. Jetzt können meine Mama und ich auch nach draußen sehen, wo die festlich geschmückten Kutschen und Wagen vorbeifahren. Viele buntgeschmückte Menschen, die alle ein bisschen wie meine Familie aussehen, winken auch zu den Fenstern der Huebers hoch, und dann kommt die Kutsche des Oberbürgermeisters. Das sagte uns der Leopold rechtzeitig, und die Mama schaut genauso aufmerksam raus wie ich. Wir sehen einen Mann und eine Frau. Er trägt eine Lederhose und einen Janker, die Frau hat ein Dirndl an. Ihr Fell sieht also genauso aus wie die Felle der anderen Münchner. Die Menschen jubeln und klatschen. »Mei«, höre ich Frau Hueber stolz und glücklich sagen, »die Frau Oberbürgermoaster! Sie soll auch Katzen dahoam haben, hoaßt's. Genau wie mir.«

»Also, auf geht's! Und du, Poldi, kimmst mit auf d' Wiesn!« Der Zug ist zu Ende, die Frauen rennen noch rasch zum Klo, und dann poltern die Huebers aus der Tür. Der Poldi ist verbittert, und wie. Das sehe ich ihm an, und außerdem flucht er, aber den Katzenkorb mit meiner Mama und mir stellt er behutsam auf den Boden. Dann rennt er hinter seinen Leuten her und schlägt die Tür aus Wut so fest zu, dass ich fast aus dem Katzenkorb falle.

Als alle Menschen weg sind, schmust meine Mama ein bisschen mit mir, und sie sagt mir wieder, dass ich niemals vergessen solle, dass sie mich »Glück« getauft habe, als ich nach meiner Geburt als einziges ihrer Kinder bei ihr bleiben durfte. Ich hab sie sehr lieb. Und mein Name gefällt mir sehr. Aber sie sagt plötzlich, dass ich abhauen soll. Und zwar so schnell wie möglich. »Lauf, Glück, lauf davon. Die bringen dich sonst ins Tierheim. Da sind andere Katzen, die dich ärgern und quälen und vielleicht umbringen werden. Du aber, mein Glück, sollst leben. Geh zur Frau des Oberbürgermeisters. Du hast sie ja heute auch gesehen. Sie wird dich aufnehmen, sie mag Katzen, und du bist ein besonders schöner Kater, mein Glück.«
Wenn meine Mama mich mit ihrer Pfote geschlagen hätte, wäre mir das lieber gewe-

sen. Alles – nur nicht wegschicken! Ich versuche, meine Mutter umzustimmen, damit ich bei ihr bleiben kann.

»Aber ich weiß ja nicht, wo die Frau Oberbürgermeister wohnt«, jammere ich. Doch meine Mama schnurrt liebevoll: »Die Tür steht auf, schau, die Theres hat grad noch ihr Parfümflascherl geholt. Du läufst die Treppen runter und zur Haustür hinaus.«

Jetzt wurde die Stimme meiner Mama sonderbar. So geheimnisvoll, so zögerlich. Flüsternd. So kenne ich meine Mama gar nicht, und mir wird wieder bang zumute. »Vor dem Haus wartest du«, sagt meine Mama, »bis der Ojesses kommt. Das ist ein großer schwarzer Kater mit einem weißen Ohr. Er ist dein Vater. Der kann sich jetzt mal um dich kümmern. Ich hab bisher den ganzen Stress mit euch Kindern alleine gehabt. Ojesses ist der klügste Kater weit und breit. Er weiß alles. Auch wo die Frau Oberbürgermeister wohnt. Er wird dich hinbringen. Sag ihm, das sei ein Befehl von deiner Mama.«

Ich fühle, dass ich nur diese Chance habe. Schnell, damit ich nicht weinen muss, berühre ich noch einmal die Schnauze meiner Mama, dann laufe ich auf die Straße, und alles ist so, wie die Mama es vorausgesagt hat. Ojesses, der mein Vater ist, kommt schon bald des Wegs. Ich sage ihm meinen Spruch auf. Er schnuppert eine Weile an mir herum. Richtig begeistert scheint er nicht zu sein. Er haut mit der Pfote an mein weißes Ohr. »Wenn es denn sein muss – komm, aber mach ein bisschen schneller, ich hab nicht den ganzen Tag Zeit.«

Ein großes Stück fahren mein Vater und ich mit der Tram. Was für ein Abenteuer! Aber wie kommt man in diese komische Kutsche hinein? Ich nehme Anlauf, doch es ist etwas anderes, auf eine Couch zu hüpfen als in eine Trambahn. Ich falle wieder raus. Mein Vater Ojesses maunzt wütend, doch er schubst mich hinauf, und als ich dann oben bin, finde ich das Fahren herrlich. Doch viel zu bald schubst mich mein Vater Ojesses eilig aus der Tram heraus, und ich muss wieder laufen. Mein Vater nimmt keine Rücksicht auf mich, und ich sehne mich nach meiner Mama, die meistens liebevoll mit mir umgegangen ist. Nach einer Weile kommen wir an einen Platz mit großen Bäumen und einem großen Haus.

»Hier isses«, sagt mein Vater Ojesses. »Wart einfach hier und rühr dich nicht weg! Servus!« Und schon sehe ich von ihm nur noch das Hinterteil. Was ist das bloß für ein Vater? Servus sagen, das kann der wohl am besten. Ich setze mich in eine Ecke gleich neben der Tür. Was sollte ich sonst auch tun? Meine Pfoten tun mir weh! Jede einzelne! Menschen gehen ins Haus. Kinder. Ein Hund. Nicht einmal der beachtet mich, was mir aber ganz recht ist. Doch langsam wird mir bange, ob meine Mama mir das Richtige geraten hat. Da! Endlich hält ein elegantes Auto vor dem Haus. Ein Mann steigt aus und geht um das elegante Auto herum. Er macht die andere Autotür auf, und da steigt eine Frau aus dem Wagen. Das sind doch tatsächlich der Oberbürgermeister und seine Gemahlin!

Ich kenne die beiden ja aus der Kutsche! Die Frau ist viel größer als im Sitzen und der Mann auch, und ich bekomme Angst, dass sie mich gar nicht sehen können, da ganz unten am Boden. Doch die Frau stutzt, beugt sich zu mir herunter und fragt: »Wen haben wir denn da?« – »Ich bin Glück«, sage ich schnell und: »Ich warte auf die Frau Oberbürgermeister.«

Die Frau hebt mich ganz sanft auf, ich spüre sofort, dass sie weiß, wie man mit einem kleinen Kater umzugehen hat. Sie streichelt mir den Kopf, sodass ich wieder an meine Mama denken muss. Dann zupft sie an meinem weißen Ohr und sagt zu dem Mann: »Hier ist Glück. Können wir doch brauchen, oder?« – »Immer«, sagt der Mann. Und so gehen sie gemeinsam ins Haus, und die Frau behält mich nicht lange auf dem Arm, sie stellt mir in der Wohnung sofort Wasser und Futter hin, und dann sagt sie ihren anderen Katzen, dass ich Glück heiße und von nun an auch bei ihnen wohnen werde.

Die Wiesn kann manchmal zärtlich sein.

Doris Lessing

Durch den Tunnel

Als er am ersten Morgen seiner Ferien zum Strand ging, machte der englische Junge bei einer Wegbiegung halt und blickte auf eine wild zerklüftete Bucht hinunter und dann hinüber zu dem überfüllten Badestrand, den er von früheren Jahren her so gut kannte. Seine Mutter, die vor ihm herging, trug in der einen Hand eine hellgestreifte Tasche. Ihr anderer Arm, der locker hin- und herschwang, sah in der Sonne schneeweiß aus. Der Junge sah sich interessiert diesen nackten weißen Arm an und richtete dann seinen Blick, in dem sich Mißfallen verbarg, auf die Bucht und wieder auf seine Mutter. Als sie bemerkte, daß er nicht in ihrer Nähe war, drehte sie sich um. »Ach, da bist du, Jerry!« sagte sie. Sie sah ungeduldig aus, dann lächelte sie. »Liebling, willst du vielleicht nicht mit mir kommen? Willst du vielleicht lieber –?« Sie runzelte die Stirn und grübelte, welchen Zeitvertreib er sich wohl heimlich ersehnte und ob sie vielleicht zu beschäftigt oder auch zu gleichgültig gewesen war, sich diesen vorzustellen. Ihm war dieses besorgte Entschuldigungslächeln sehr vertraut. Ein Gefühl der Reue ließ ihn hinter ihr herlaufen. Und dennoch blickte er, als er zu ihr rannte, auf die wilde Bucht zurück, und den ganzen Vormittag über, während er auf dem sicheren Badestrand spielte, dachte er an diese Bucht.

Am nächsten Morgen, als es Zeit für das übliche Schwimmen und Sonnenbaden war, fragte seine Mutter: »Langweilst du dich auf unserem Badestrand, Jerry? Möchtest du woandershin?«

»Nein, nein!« antwortete er rasch und lächelte sie mit jener nie ausbleibenden Regung der Reue an – einer Art von Ritterlichkeit. Als er jedoch den Weg mit ihr hinunterstieg, brach es aus ihm heraus: »Ich würde ganz gern mal die Felsen da unten anschauen.«

Sie mußte seinen Wunsch erst bedenken. Es war eine wild aussehende Gegend, und niemand war dort; aber sie sagte: »Natürlich, Jerry. Wenn du genug hast, dann komm an den großen Badestrand. Oder geh, wenn du willst, gleich zum Haus zurück.« Sie ging davon; der nackte Arm, jetzt leicht gerötet von der gestrigen Sonne, schwang hin und her.

Und beinah wäre er wieder hinter ihr herge-
rannt, da er es unerträglich fand, daß sie ganz
allein gehen sollte; aber er tat es nicht.

Sie dachte bei sich: Natürlich ist er alt genug, daß ihm auch ohne mich nichts passiert.
Habe ich ihn etwa zu eng an mich gebunden?
Er darf nicht das Gefühl haben, er müßte bei
mir bleiben. Ich muß da achtgeben.

Er war ein Einzelkind, elf Jahre alt. Sie war
Witwe, entschlossen, weder besitzergreifend
zu sein noch es ihm an Liebe fehlen zu lassen.
Voller Sorge ging sie zu ihrem Badestrand davon.

Sobald Jerry sah, daß seine Mutter ihren
Strand erreicht hatte, begann er den steilen
Abstieg zur Bucht. Von seinem Platz aus,
hoch oben zwischen rotbraunen Felsen, erschien sie ihm wie eine Mulde voll bewegtem
bläulichem Grün, eingesäumt von Weiß. Als
er weiter hinunterkletterte, sah er, daß sie
sich zwischen kleinen Felsvorsprüngen und
Schluchten aus schroffem, scharfem Gestein
ausdehnte, und die gekräuselte, schwappende
Oberfläche zeigte Flecken von Purpur und
tieferem Blau. Als er endlich die letzten Meter
rasch hinunterglitt und -rutschte, sah er den
Saum der weißen Brandung und die glitzern-

de, seichte Bewegung des Wassers über weißem Sand und weiter draußen massives Tiefblau.

Er rannte sofort ins Wasser und begann zu schwimmen. Er war ein guter Schwimmer. Schnell glitt er über den leuchtenden Sand hinaus, über eine mittlere Zone, wo Felsbrokken wie ausgebleichte Ungeheuer unter der Oberfläche lagen, und war dann im richtigen Meer – einem warmen Meer, in dem unregelmäßige kalte Strömungen aus der Tiefe seinen Körper schockartig erfaßten.

Als er so weit draußen war, daß er nicht nur auf die kleine Bucht, sondern auch über den Felsvorsprung hinaussehen konnte, der sie vom großen Badestrand trennte, ließ er sich auf der Wasseroberfläche treiben und hielt Ausschau nach seiner Mutter. Da war sie, ein kleiner gelber Fleck unter einem Sonnenschirm, der wie ein Stück Orangenschale aussah. Er schwamm zur Küste zurück, erleichtert durch die Gewißheit, daß sie dort war, doch auf einmal sehr einsam.

Am Rande einer Felsnase, die die andere Seite der Bucht, gegenüber dem Felsvorsprung, markierte, lagen einzelne, lose verstreute Felsbrocken umher. Darüber streiften

sich einige Jungen gerade ihre Kleider ab.
Nackt kamen sie zu den Felsen heruntergelaufen. Der englische Junge schwamm auf sie zu, aber er hielt sich einen Steinwurf weit von ihnen entfernt. Sie stammten von dieser Küste; alle waren gleichmäßig dunkelbraun gebrannt und redeten in einer Sprache, die er nicht verstand. Ihn durchdrang heftige Sehnsucht, bei ihnen zu sein, einer der ihren zu sein. Er schwamm ein wenig näher; sie drehten sich um und beobachteten ihn mit wachsam zusammengekniffenen dunklen Augen. Dann lächelte einer von ihnen und winkte ihm. Das war das Zeichen. Blitzschnell hatte er sie erreicht und stellte sich neben sie auf die Felsen; nervös und verzweifelt-flehend lächelte er sie an. Sie begrüßten ihn lautstark und fröhlich; doch dann, als er sein nervöses, verständnisloses Lächeln beibehielt, begriffen sie, daß er ein Ausländer war, der sich von seinem eigenen Badestrand hierher verirrt hatte, und sie begannen, ihn nicht weiter zu beachten. Aber er fühlte sich glücklich. Er war bei ihnen.

Sie sprangen immer wieder von einer hohen Stelle aus mitten hinein in einen Brunnen blauen Meerwassers, umgeben von schroffem

scharfspitzigem Felsgestein. Nachdem sie ge-
taucht hatten und wieder an die Oberfläche
gelangt waren, schwammen sie zurück, zogen
sich hinauf und warteten, bis sie erneut an die
Reihe kamen, zu springen. Es waren große
Jungen – für Jerry Männer. Er tauchte, und
sie beobachteten ihn; und als er zurück-
schwamm, um seine Stelle einzunehmen,
machten sie ihm Platz. Er spürte, daß er akzeptiert wurde, und tauchte wieder, vorsichtig, stolz auf sich.

Bald stellte sich der größte der Jungen in
Positur, schoß ins Wasser und kam nicht
mehr hoch. Die anderen standen herum und
sahen zu. Als Jerry lange darauf gewartet hatte, daß der glatthaarige braune Kopf wieder
erschiene, stieß er einen warnenden Schrei
aus; sie blickten ihn flüchtig an und wandten
ihre Blicke zurück aufs Wasser. Nach langer
Zeit tauchte der Junge auf der anderen Seite
eines großen Felsens auf, stieß prustend die
Luft aus den Lungen und ließ einen trium-
phierenden Schrei ertönen. Sofort tauchte der
Rest von ihnen hinunter. Einen Augenblick
lang schien der Morgen voll schwatzender
Jungen zu sein, im nächsten waren Luft und
Meeroberfläche leer. Aber durch das Tiefblau

konnte man dunkle Gestalten sehen, wie sie sich tastend vorwärtsbewegten.

Jerry tauchte, schoß an der Schule der Unterwasserschwimmer vorbei, entdeckte eine schwarze Felswand, die sich drohend vor ihm abzeichnete, berührte sie und schnellte sofort an die Oberfläche hoch, wo die Wand eine niedrige Barriere war, über die er hinwegblikken konnte. Niemand war zu sehen; die undeutlichen Umrisse der Schwimmer unter ihm im Wasser waren verschwunden. Dann tauchte einer, dann ein zweiter der Jungen am entfernten Ende der Felsbarriere auf, und ihm wurde klar, daß sie durch eine Lücke oder ein Loch hindurchgeschwommen sein mußten. Er tauchte wieder tief hinab. Durch das in die Augen beißende Salzwasser konnte er nichts als den nackten Felsen sehen. Als er hochkam, waren sie alle auf dem Sprungfelsen, bereit, erneut das Bravourstück zu wagen. Und jetzt, in panischer Angst zu versagen, schrie er gellend auf Englisch: »Schaut mich an! Schaut doch!« und begann wie ein närrisch gewordener Hund im Wasser zu platschen und um sich zu schlagen.

Sie blickten ganz ernst hinunter, mit gerunzelter Stirn. Er kannte dieses Stirnrunzeln. In

Augenblicken des Versagens, wenn er sich wie ein Hanswurst benahm, um die Aufmerksamkeit seiner Mutter zu erheischen, bedachte sie ihn mit genau diesem ernsten, peinlich berührten, prüfenden Blick. In einem Gefühl brennender Scham, denn er fühlte das flehentlich bittende Grinsen auf seinem Gesicht wie eine Narbe, die niemals zu entfernen war, blickte er zu der Gruppe von großen braunen Jungen auf dem Felsen empor und schrie: *»Bonjour! Merci! Au revoir! Monsieur, monsieur!«* während er seine Finger um die Ohren legte und mit ihnen wackelte.

Wasser drang plötzlich in seinen Mund; es nahm ihm den Atem, er sank, kam wieder hoch. Der Felsen, kurz zuvor noch mit den Jungen befrachtet, schien sich im Wasser aufzubäumen, als ihr Gewicht von ihm genommen wurde. Sie flogen an ihm vorbei in die Tiefe; die Luft schwirrte von fallenden Körpern. Dann lag der Felsen leer im heißen Sonnenlicht. Er zählte eins, zwei, drei …

Bei fünfzig überfiel ihn schreckliche Angst. Sie mußten doch alle ertrinken, dort unten in den mit Wasser angefüllten Felsenhöhlen! Bei hundert suchte er mit den Augen den menschenleeren Abhang ab und fragte sich, ob er um Hilfe schreien sollte. Er zählte schneller, schneller, um sie anzutreiben, doch aufzusteigen, um sie rasch an die Oberfläche zu bringen, um sie rasch ertrinken zu lassen – alles eher als dieser Schrecken, immer weiter in die blaue Leere des Morgens hineinzählen zu müssen. Und dann, bei hundertundsechzig, war das Wasser hinter dem Felsen voller Jungen, die wie braune Wale prusteten. Sie schwammen zur Küste zurück, ohne ihm einen Blick zuzuwerfen.

Er kletterte auf den Sprungfelsen hinauf und setzte sich; unter seinen Schenkeln fühlte er die heiße Rauheit des Felsens. Die Jungen sammelten ihre Kleidungsstücke auf und rannten den Strand entlang zu einem anderen Vorsprung. Sie gingen fort, um ihn los zu sein. Er weinte hemmungslos, die Fäuste in die Augen geballt. Es gab niemanden, der ihn sehen konnte, und so weinte er sich aus.

Es kam ihm vor, als sei eine lange Zeit vergangen, er schwamm ins Meer hinaus, bis dorthin, wo er seine Mutter sehen konnte. Ja, da war sie noch, ein gelber Fleck unter einem orangefarbenen Sonnenschirm. Er schwamm zu dem großen Felsen zurück, kletterte hinauf und machte dann einen Kopfsprung hinein in den blauen See zwischen den grimmig gezackten Felsbrocken. Er tauchte tiefer, bis er wieder die Felswand berührte. Aber das Salz brannte so sehr in seinen Augen, daß er nichts sehen konnte.

Er kam an die Oberfläche, schwamm zum Ufer und ging zum Haus zurück, um auf seine Mutter zu warten. Bald schon kam sie langsam den Weg heraufgestiegen, ihre gestreifte Tasche schlenkernd, auch der gerötete nackte Arm schwang hin und her. »Ich möchte eine Taucherbrille«, sagte er keuchend, trotzig und bittend zugleich.

Sie warf ihm einen geduldigen, forschenden Blick zu, als sie beiläufig sagte: »Aber natürlich, mein Liebling.«

Aber jetzt, jetzt, jetzt gleich! Er mußte sie sofort haben und nicht ein andermal. Er bohrte und quälte so lange, bis sie mit ihm zu einem Geschäft ging. Sobald sie die Taucherbrille gekauft hatte, riß er sie ihr aus der Hand, als wenn sie diese für sich beanspruchen wollte, und schon rannte er damit den steilen Weg zur Bucht hinunter.

Jerry schwamm hinaus zur großen Felsbarriere, setzte die Taucherbrille auf und machte einen Kopfsprung. Der Wasserdruck drang in das mit Gummi eingefaßte Vakuum, und die Taucherbrille lockerte sich. Er begriff, daß er von der Wasseroberfläche aus zum Felssockel hinuntertauchen mußte. Er befestigte die Taucherbrille ganz straff, atmete tief ein und ließ sich, das Gesicht nach unten, auf dem Wasser treiben. Nun konnte er sehen. Es war, als hätte er Augen anderer Art – Fischaugen, die ihm alles deutlich, fein und wogend im glasklaren Wasser zeigten.

Unter ihm, in etwa zwei Meter Tiefe, lag ein Boden aus vollkommen sauberem weißem Sand, von Ebbe und Flut in kleine erstarrte Wellen geriffelt. Zwei graue Schatten schwammen dort, wie längliche, gerundete Holz- oder Schieferstücke. Es waren Fische. Er sah, wie sie sich vorsichtig aufeinander zubewegten, regungslos verharrten, vorschossen, abbogen und sich wieder umdrehten. Es war wie ein Wassertanz. Einige Zentimeter darüber sprühte das Wasser Funken, als fielen Zechinen hindurch. Wieder Fische – Myriaden von winzigen Fischen, nicht länger als sein Fingernagel – stoben durch das Wasser, und einen Augenblick lang konnte er ihre unzähligen, kaum spürbaren Berührungen auf seinem Körper fühlen. Es war, als schwämme er zwischen lauter Silberflecken. Der mächtige Felsen, durch den die großen Jungen geschwommen waren, erhob sich jäh aus dem weißen Sand – schwarz, mit Büscheln grünlicher Wasserpflanzen. Er konnte keinen Spalt erkennen. Er schwamm hinunter bis zu seinem Sockel.

Immer wieder tauchte er auf, pumpte die Lungen voll Luft und ging runter. Immer wieder tastete er über die Oberfläche des Felsens, befühlte ihn, umarmte ihn schon beinah in dem verzweifelten Drang, den Eingang zu finden. Und dann auf einmal, als er sich an der schwarzen Wand festhielt, kamen seine Knie hoch, und er stieß seine Füße nach vorn und fand keinen Widerstand. Er hatte das Loch entdeckt.

Er tauchte auf, kletterte zwischen den Steinen umher, die verstreut auf der Felsbarriere lagen, bis er einen großen Brocken fand, hielt diesen mit beiden Armen umschlungen und ließ sich an dem Felsen hinabgleiten. Er sank mit dem Gewicht direkt bis auf den sandigen Grund. Sich fest an den Ankerstein klammernd, lag er auf der Seite und blickte unter die dunkle Felsplatte, wo seine Füße verschwunden waren. Er konnte das Loch sehen.

Es war ein unregelmäßiger, dunkler Spalt; aber er konnte nicht weit genug hineinblicken. Er ließ seinen Anker fahren, umklammerte die Ränder des Lochs und versuchte, sich hineinzuzwängen.

Er kam mit dem Kopf durch, spürte, daß seine Schultern eingeklemmt waren, bewegte sie seitlich hinein und war bis zur Hüfte drinnen. Er konnte vor sich nichts sehen. Etwas Weich-Klebriges berührte seinen Mund; er sah, wie sich ein dunkler Wedel vor dem grauen Felsen bewegte, und geriet in Panik. Er dachte an Kraken, Schlingpflanzen. Er stieß sich zurück nach draußen und konnte bei seinem Rückzug einen flüchtigen Blick auf einen harmlosen Tangwedel werfen, der in der Tunnelöffnung trieb. Aber ihm reichte es. Er tauchte wieder ans Sonnenlicht, schwamm zum Strand und legte sich auf den Sprungfelsen. Er blickte in den blauen Brunnen hinunter. Er wußte, den Weg durch diese Höhle, dieses Loch, diesen Tunnel mußte er finden und an der anderen Seite herauskommen.

Als erstes, überlegte er, müßte er lernen, das Atmen zu beherrschen. Er ließ sich mit einem anderen großen Stein in den Armen im Wasser hinabgleiten, so daß er ohne Kraftaufwand auf dem Meeresboden liegen konnte. Er zählte. Eins, zwei, drei. Ganz gleichmäßig. Er konnte das Pochen des Blutes in seiner Brust hören. Einundfünfzig, zweiundfünfzig... Seine Brust schmerzte. Er ließ den Stein los und schnellte nach oben. Er sah, daß die Sonne unterging. Er eilte zum Haus, wo seine Mutter gerade beim Abendessen saß. Sie sagte nur: »Hast du Spaß gehabt?«, worauf er mit »Ja« antwortete.

Die ganze Nacht hindurch träumte der Junge von der Wasserhöhle in den Felsen, und sobald er gefrühstückt hatte, ging er zur Bucht.

Am Abend blutete seine Nase stark. Stundenlang war er unter Wasser gewesen, hatte geübt, den Atem anzuhalten, und nun fühlte er sich schwach und schwindlig. Seine Mutter sagte: »An deiner Stelle, Liebling, würde ich es nicht übertreiben.«

Auch am folgenden Tag trainierte Jerry seine Atmung, so als hinge alles, sein ganzes Leben, alles, was er werden könnte, davon ab. Wieder blutete abends seine Nase, und seine Mutter bestand darauf, daß er am nächsten Tag mit ihr kam. Es war qualvoll, einen vollen

Tag sorgfältigen Selbsttrainings zu vergeuden, aber er blieb mit ihr auf dem anderen Badestrand, der ihm jetzt wie ein Kinderspielplatz vorkam, etwas, wo seine Mutter ruhig in der Sonne liegen mochte. Sein Strand war es nicht.

Am nächsten Tag fragte er nicht um Erlaubnis, ob er zu seinem Strand gehen dürfe. Er ging, bevor seine Mutter das komplizierte Für und Wider des Ganzen bedenken konnte. Daß er einen Tag ausgesetzt hatte, bewirkte, wie er jetzt merkte, daß er zehn Sekunden länger zählen konnte. Die großen Jungen hatten den Durchgang bei hundertsechzig geschafft. Er hatte in seiner Angst sehr schnell gezählt. Wenn er es jetzt versuchte, könnte er wahrscheinlich den langen Tunnel schaffen, aber er hatte es nicht schon jetzt vor. Eine merkwürdige, ganz unkindliche Hartnäckigkeit, eine kontrollierte Ungeduld ließen ihn abwarten. In der Zwischenzeit lag er unter Wasser auf dem weißen Sand, der nun übersät war mit Steinen, die er von oben heruntergebracht hatte, und studierte den Eingang zum Tunnel. Er kannte, so weit er überhaupt sehen konnte, jeden Vorsprung und jede Windung. Es war, als spürte er bereits die scharfen

Kanten an seinen Schultern. Wenn seine Mutter nicht in der Nähe war, saß er im Landhaus neben der Uhr und kontrollierte seine Zeit. Er war zunächst ungläubig, dann stolz, als er herausfand, daß er seinen Atem mühelos zwei Minuten lang anhalten konnte. Die Worte »zwei Minuten«, deren Richtigkeit die Uhr bewiesen hatte, brachten ihm das Abenteuer nahe, das er so sehnlichst brauchte.

In vier Tagen, sagte seine Mutter eines Morgens beiläufig, müßten sie wieder nach Hause. Am Vortag ihrer Abreise würde er es tun, selbst wenn er dabei draufging, sagte er sich trotzig. Aber zwei Tage vor der Abreise – welch ein glorreicher Tag, als er sich um fünfzehn Sekunden steigern konnte – blutete seine Nase so stark, daß ihm schwindlig wurde und er sich kraftlos auf den großen Felsen legen mußte wie ein Stück Seetang, und er beobachtete, wie das dicke Blut auf den Felsen floß und langsam ins Meer tropfte. Er hatte Angst. Angenommen, ihm wurde im Tunnel schwindlig? Angenommen, er starb dort wie in einer Falle? Angenommen – ihm drehte sich alles vor Augen in der heißen Sonne, und beinah hätte er aufgegeben. Er überlegte, er sollte zum Haus zurückkehren und sich hinlegen, und im nächsten Sommer vielleicht, wenn er ein Jahr älter war – *dann* würde er durch das Loch hindurchschwimmen.

Aber selbst nachdem er sich entschlossen hatte oder es zumindest glaubte, ertappte er sich dabei, wie er sich auf dem Felsen aufrichtete und in das Wasser hinabblickte; und er wußte, daß jetzt, in diesem Augenblick, wo seine Nase eben zu bluten aufgehört hatte, wo sein Kopf noch schmerzte und pochte, daß jetzt der Augenblick gekommen war, es zu versuchen. Wenn er es jetzt nicht wagte, würde er es niemals tun. Er zitterte vor Angst, daß er es nicht tun würde; und er zitterte vor Schrecken bei dem Gedanken an den langen, langen Tunnel unter dem Felsen, unter dem Meer. Selbst im hellen Sonnenlicht erschien ihm die Felsbarriere ungeheuer breit und sehr wuchtig; tonnenschweres Felsgestein lastete dort, wo er hindurchtauchen mußte. Wenn er da unten stürbe, würde er liegenbleiben, bis ihn eines Tages – vielleicht erst im nächsten Jahr – die großen Jungen finden würden, wenn sie dort hineinschwömmen und den Tunnel blockiert fänden.

Er setzte die Taucherbrille auf, schnallte sie ganz eng, überprüfte das Vakuum. Seine Hände zitterten. Dann wählte er sich den größten Stein aus, den er tragen konnte, und rutschte über den Felsrand, bis er zur Hälfte im kühlen, ihn umschließenden Wasser war und zur anderen Hälfte in der heißen Sonne. Er blickte einmal hinauf in den leeren Himmel, füllte seine Lungen einmal, zweimal mit Luft und sank dann schnell mit dem Stein auf den Grund. Er ließ ihn los und begann zu zählen. Er packte mit den Händen die Kanten der Felsöffnung und zog sich hindurch, bewegte erst die eine Schulter, dann die andere vor, wie er es sich gemerkt hatte, stieß sich mit den Füßen vorwärts.

Bald schon befand er sich im Innern, in einer kleinen, von Felsen umschlossenen Höhle mit gelblichgrauem Wasser. Die Decke war scharfkantig und schnitt in seinen Rücken. Er zog sich mit den Händen entlang – schnell, schnell –, wobei er seine Füße wie Hebel einsetzte. Sein Kopf schlug gegen etwas, ein scharfer Schmerz betäubte ihn. Fünfzig, einundfünfzig, zweiundfünfzig... Kein Licht war da, und das Wasser schien wie ein Felsen auf ihm zu lasten. Einundsiebzig, zweiundsiebzig... Kein Druck auf seiner Lunge. Er fühlte sich wie ein aufgeblasener Ballon, sein

Atem ging so leicht und schwerelos, doch pochte es in seinem Kopf.

Ständig wurde er gegen die scharfkantige Decke gedrängt, die sich glitschig und gleichzeitig rauh anfühlte. Wieder dachte er an Kraken und fragte sich, ob der Tunnel wohl voll mit Tang sei, der ihn umschlingen könnte. Er stieß sich in krampfhafter Panik ab, zog den Kopf ein und schwamm los. Seine Füße und Hände hatten freien Bewegungsraum wie im offenen Meer. Die Höhle mußte breiter geworden sein. Er glaubte recht schnell zu schwimmen und hatte Angst, daß er sich, wenn der Tunnel sich verengte, den Kopf anschlagen könnte. Hundert, einhundertundeins ... Das Wasser wurde heller. Triumph erfüllte ihn. Seine Lungen begannen zu schmerzen. Einige weitere Schwimmstöße, und er wäre draußen. Er zählte wie wild; einhundertfünfzehn und, nach einer Weile, noch mal einhundertfünfzehn. Das Wasser um ihn herum war von einem klaren Juwelengrün. Da entdeckte er über seinem Kopf einen Spalt, der den Felsen hinauflief. Sonnenlicht fiel herein, zeigte das glatte, dunkle Felsgestein des Tunnels, eine einzelne Muschelschale und weiter vorne Dunkelheit.

Er war am Ende seiner Kräfte. Er schaute hinauf zum Spalt, als wäre dieser mit Luft und nicht mit Wasser gefüllt, als könnte er seinen Mund daranlegen und Luft schnappen. Einhundertfünfzehn hörte er sich zählen – aber das hatte er schon vor langer Zeit gesagt. Er mußte weiter hinein in die Dunkelheit vor ihm, sonst würde er ertrinken. Sein Kopf schwoll, seine Lungen schienen zu bersten. Einhundertfünfzehn, einhundertfünfzehn hämmerte es in seinem Gehirn, er klammerte sich kraftlos an die Felswand im Dunkeln, zog sich vorwärts, hinter ihm blieb die kurze Strecke mit dem sonnendurchschienenen Wasser. Er spürte, daß er sterben würde. Er war nicht mehr ganz bei Bewußtsein. Er kämpfte sich in der Dunkelheit weiter, mit Anfällen von Bewußtlosigkeit. Ein ungeheurer anschwellender Schmerz tobte in seinem Kopf, und dann zerbarst die Dunkelheit in ein explodierendes grünes Licht. Seine vorwärtsgreifenden Hände trafen ins Leere, und seine Füße, die nach hinten ausstießen, trieben ihn hinaus aufs offene Meer.

Er kam an die Oberfläche, sein Gesicht tauchte aus dem Wasser hoch. Er schnappte nach Luft wie ein Fisch. Ihm war, als müßte er jetzt untergehen und ertrinken; als könnte er die wenigen Meter zurück zum Felsen nicht mehr schwimmen. Dann klammerte er sich an ihm fest und zog sich hoch. Er blieb mit dem Gesicht nach unten liegen, keuchend. Er konnte nichts sehen als ein rotgeädertes, klumpiges Dunkel. Seine Augen mußten geplatzt sein, dachte er, mußten voller Blut sein. Er riß die Taucherbrille herunter, und ein Blutstrahl ergoß sich ins Meer. Seine Nase blutete, und das Blut hatte sich in der Taucherbrille angesammelt.

Er schöpfte einige Handvoll Wasser aus dem kühlen salzigen Meer, um es auf sein Gesicht zu spritzen, und wußte nicht, ob er Blut oder Salzwasser schmeckte. Nach einer Weile ging sein Herzschlag ruhiger, seine Augen sahen klarer, er richtete sich auf. Er konnte sehen, wie die einheimischen Jungen etwa einen Kilometer entfernt tauchten und herumtollten. Er wollte nicht bei ihnen sein. Er wollte nichts anderes, als nach Hause gehen und sich hinlegen.

Schnell schwamm Jerry zum Badestrand und stieg langsam den Weg zum Haus hinauf. Er warf sich auf sein Bett und schlief ein; er erwachte durch das Geräusch von Schritten auf dem Weg draußen. Seine Mutter kam zurück. Er huschte ins Badezimmer, sie mußte ja nicht sein blut- oder tränenverschmiertes Gesicht sehen. Er kam aus dem Badezimmer und begegnete ihr, als sie lächelnd das Haus betrat; ihre Augen leuchteten auf.

»Schönen Vormittag gehabt?« fragte sie und legte ihre Hand einen Augenblick lang auf seine warme braune Schulter.

»Och, ja, danke«, erwiderte er.

»Du siehst ein bißchen blaß aus.« Und dann schrill und ängstlich: »Wo hast du dir denn den Kopf aufgeschlagen?«

»Halt angestoßen«, antwortete er.

Sie warf ihm einen prüfenden Blick zu. Er sah abgespannt aus, seine Augen waren verschleiert. Sie machte sich Sorgen. Und dann sagte sie sich: Reg dich nicht auf! Es kann ja nichts passieren. Er schwimmt wie ein Fisch.

Sie setzten sich zum gemeinsamen Mittagessen.

»Mami«, sagte er, »ich kann zwei Minuten lang unter Wasser bleiben – also, mindestens drei Minuten.« Es sprudelte aus ihm heraus.

»Wirklich, Liebling?« sagte sie. »Nun, ich

würde es nicht übertreiben. Ich glaube, heute solltest du nicht mehr schwimmen.«

Sie war auf einen Kampf gefaßt: Willen gegen Willen, aber er gab sofort nach. Es bedeutete ihm überhaupt nichts mehr, zu der Bucht zu gehen.

Michal Viewegh

Der Schicksalswürfel

Ich sage euch Folgendes: Natürlich gibt es die Liebe, von wegen, es gibt sie nicht! Sie ist überall um uns, aber derjenige, der sie sucht, muss die Augen offen halten und der Liebe manchmal sogar ein Stückchen entgegenkommen. Man findet auch nicht immer gleich Wasser, wo man zu bohren anfängt, aber wer ein Gespür für Wasser hat, wird fast immer fündig, selbst ohne eine Wünschelrute oder ein Stöckchen. Und außerdem: Liebe Frauen, macht euch klar, dass Liebe auch in der hoffnungslosesten Situation blühen kann. Seid bereit, auch dort der Liebe zu begegnen, wo man sie auf gar keinen Fall vermutet hätte. Ihr müsst an Wasser in der Wüste glauben.

Nun also zu meiner Geschichte: Ich bin eine glücklich verheiratete Frau, habe einen tollen Ehemann und zwei hübsche und gesunde Kinder, wofür ich bis heute dem Schicksal danke. Die beiden Eintrittskarten für das Eishockeyspiel hängen in unserem Schlafzimmer laminiert an der Wand.

Aber damals, vor fünf Jahren, da wollte ich nach zahlreichen *Irrungen und Wirrungen* (ihr würdet nie glauben, welche Unmengen an öden Abendessen, durchfrorenen Spaziergängen und peinlichen Schäferstündchen diese romantische Floskel beinhaltet) keine neuen Typen kennenlernen. Aber meine Eltern hatten eine Reise nach Ägypten gebucht und ich dachte, wenn ich aus lauter Trotz die ganzen zehn Tage alleine zu Hause schlafe, könnte das der Gott der Liebe als Affront auffassen. Bei solchen Dingen bin ich nämlich immer ganz vorsichtig. Natürlich glaube ich nicht an jedes stupide Horoskop, das man in der Illustrierten findet, aber ich lege mir schon gerne Karten oder versuche herauszubekommen, wann der eine oder andere Herr zur Welt gekommen ist, damit ich mir eine numerologische Tabelle erstellen und ihm auf den Zahn fühlen kann. Na, langer Rede kurzer Sinn: Die zehn Tage habe ich dem Schicksalswürfel anvertraut. Falls ihr keinen solchen Würfel habt (das solltet ihr aber!, denn wenn ihr wirklich weder ein noch aus wisst, hilft er euch zuverlässig, die richtige Entscheidung zu treffen), dann merkt euch einfach, dass es ein normaler Spielwürfel ist, wie bei *Mensch, ärgere dich nicht!,* bloß ein wenig größer und ohne Zahlen, so dass man auf die leeren Seiten alles Mögliche draufschreiben kann. Und genau so habe ich es auch gemacht. Ich setzte mich mit einer hübschen Weißweinflasche hin und schrieb nach reiflicher Überlegung insgesamt vier Namen auf den Würfel: Honza (der zu der Zeit schon verheiratet war, aber dagegen kam ich nicht an, er war damals meine Never Ending Story …), dann Patrik, obwohl mir schon klar war, dass ich den Fluss zum zweiten Mal nicht betreten würde, dann den neuen Arbeitskollegen (eine große Unbekannte allerdings) und zum Schluss einen Eishockeyspieler, mit dem ich gerade zweimal im Leben gesprochen hatte (einmal, als wir den Play-off-Aufstieg ins Finale von Slávia gefeiert hatten, und dann noch einmal am Telefon), den ich aber jedes Mal sehr nett fand. Also vier. Mehr Namen bekam ich beim besten Willen nicht zusammen. Aber bevor ich einen von den vorausgegangenen Fehltritten draufsetzte, ließ ich die anderen Seiten lieber frei. Ich legte noch fest, dass ich nur dreimal würfeln durfte, damit ich nicht während des Spiels auf den Gedanken kam, die Regeln zu ändern.

Beim ersten und zweiten Mal würfelte ich

den Eishockeyspieler, beim dritten Mal fiel das leere Bett.

Es gab nichts mehr zu überlegen.

Ich trank einen ordentlichen Schluck Wein und rief ihn an. Take it easy! Ich durfte keine Zeit verlieren; hätte ich den Anruf nur um ein paar Minuten aufgeschoben, hätte ich ihn womöglich ganz aufgehoben. Ich kenne mich doch. Er nahm sofort ab. Er wusste noch, wer ich war, meinen Anruf fand er aber schon etwas überraschend. Ich fragte, ob ich ihn am Freitag oder am Samstag zum Abendessen einladen dürfte. Die Frage, warum ich ausgerechnet ihn anrief, stand im Raum.

»Willst du wissen, warum ich ausgerechnet dich anrufe?«, sagte ich schnell. »Du bist der einzige Mann, der mich bis jetzt nicht enttäuscht hat.«

So was nennt man Powerplay, glaube ich.

»Gut«, antwortete er nach einer kleinen Pause. »Akzeptiert. Sowohl den Samstag als auch die Erklärung.«

Meine Eltern flogen am Samstagnachmittag.

Als sie mich das erste Mal allein zu Hause gelassen hatten, damals war ich siebzehn, standen in den chronisch tränenden Augen meines Vaters (er ist allergisch gegen alles, was man sich vorstellen kann) die schlimmsten Befürchtungen geschrieben, zusammengesetzt aus den erotischen Szenen, die ihm jeden Morgen auf den Pornozeitschriften im Kiosk begegneten, und den härtesten Sequenzen aus zwei Drogenfilmen, die über Satellit ausgestrahlt wurden … Hoffentlich passiert meinem Mädchen nichts! Dieses eine Mal, vor fünf Jahren also, war ich aber schon achtundzwanzig, und in seinen Augen stand lediglich die Angst, dass ich nach ihrer Rückkehr aus dem Urlaub immer noch bei ihnen wohnen würde.

Und ledig wäre.

Heute sind wir wieder ein Herz und eine Seele, mein Vater und ich, und zu unseren damaligen Streitereien will ich nichts mehr sagen, ihn trifft ja keine Schuld: Achtundzwanzig Jahre gemeinsames Wohnen tun niemandem gut.

»Na, dann mach's gut«, sagte er.

Er schürzte die Lippen, küsste mich flüchtig auf die Wange und streichelte meine Haare. Das tat er sonst nie. Vielleicht hatte er eine Vorahnung, wer weiß, über diese Dinge kann man mit ihm nicht reden.

Ich brachte sie zum Flughafen, fuhr zurück nach Hause, aß zwei Bananen und ging ins Fitnesscenter. Das erwähne ich nur, meine Damen, weil es etwas Wichtiges aussagt: Das Abendessen mit dem Eishockeyspieler hatte für mich keinen besonders hohen Stellenwert. Wäre es für mich eine wichtige Verabredung gewesen, wäre ich davor nie zum Sport gegangen, weil man sich in der Umkleidekabine weder ordentlich die Haare föhnen noch die Augen schminken kann. Außerdem leide ich unter dem sogenannten *Nachschwitzeffekt*, sodass mir noch Stunden später ganze Rinnsale von Schweiß den Rücken runterfließen. Der Eishockeyspieler war einfach nicht so wichtig, mit dem konnte ich auch verschwitzt zum Abendessen schreiten. Aber weiter im Text.

Er holte mich vor dem Fitnesscenter ab, und wir fuhren ins Zentrum in ein Restaurant (eine detaillierte Beschreibung des Abends ist nicht nötig, stellenweise lief es ganz gut, stellenweise weniger). Um elf Uhr brachte er mich nach Hause. Er hatte eine schwarze amerikanische Limousine. Wir stiegen aus und er öffnete den Kofferraum, damit ich meine Sporttasche rausholen konnte. In dem riesigen Innenraum war sie ganz nach hinten gerutscht, und um sie zu erreichen, musste ich mich tief nach vorne beugen. Erleichtert zog ich sie mit beiden Händen heraus, da knallte der Eishockeyspieler, der meine Taucharbeit gar nicht bemerkt hatte, schon mit voller Wucht den Deckel zu und brach mir beide Unterarme.

Von wegen es gibt keine Zufälle! Heute sage ich jedem, der es hören will: Meine glückliche Ehe habe ich einer Limousine mit riesigem Kofferraum zu verdanken. Damals fand ich es natürlich weniger lustig und bin vor Schmerzen ohnmächtig geworden. Als ich zu mir kam, saß ich in seiner Scheißkarosse und brüllte mir die Seele aus dem Leib (jawohl, kein zartes Stöhnen oder Jammern; ich habe wirklich *gebrüllt*). Außerdem blutete ich und hatte mir in die Hose gemacht. Der Hockeyspieler rief immer wieder, alles wird gut, und hupte und blinkte wie wild.

»Nichts wird gut, Scheiße!«, schrie ich hysterisch.

»Auaaaa!«

Aufgeregt bin ich ziemlich ordinär. Ich konnte mich nicht beherrschen, außerdem war es mir absolut egal. Einen solchen Idioten, der mir mit dem Kofferraumdeckel beide Arme bricht, wollte ich sowieso nie im Leben wiedersehen. Er kaute an seinen Lippen und raste mit hundert Sachen ins Krankenhaus: Unfallstation, Spritze, Röntgen, Gips.

»Haben Sie jemanden, der sich um Sie kümmern kann?«, fragte mich der Arzt zum Schluss, als die Schwester meine eingegipsten Arme in zwei Tücher gebunden hatte.

Ich sah mir meine bewegungslosen Finger an – und erst jetzt wurde mir meine Situation klar. Wie sollte ich telefonieren? Oder essen? *Mich waschen?* Meine zwei besten Freundinnen waren für ein halbes Jahr in Irland, die dritte hatte eine Risikoschwangerschaft. Und meine Eltern waren soeben für zehn Tage nach Ägypten geflogen.

»Nein«, teilte ich ihm mit.

»Nein?«

»Nein, verdammt noch mal!«

Ich erklärte ihm alles und vor lauter Ohnmacht musste ich gleich wieder heulen.

»Dann müssen wir Sie hierbehalten.«

Es fiel mir schwer, mich an den Gedanken zu gewöhnen. Bis dahin war ich noch nie im Krankenhaus gewesen. Ich heulte wie ein Schlosshund.

»Wir schaffen das schon«, sagte der Eishockeyspieler.

Das war der Gipfel! Hätte ich gewusst, dass da gerade mein Zukünftiger gesprochen hat, hätten mir sein Mut und sein Verantwortungsbewusstsein vielleicht imponiert, mich womöglich zu Tränen gerührt – aber in dem Moment war er für mich ein unbekannter Typ, mit dem ich gerade mal zu Abend gegessen habe. Ich stellte mir vor, wie mir die großen, fremden Hände meine durchnässten Jeans auszogen.

»Nie im Leben!« Ich fauchte ihn an. »Was erzählst du für einen Scheiß? Wie willst du das schaffen?«

»Ich nehme mir frei«, sagte er kleinlaut. »Alles wird gut, hab keine Angst.«

Ich warf ihm einen tödlichen Blick zu.

»Ich kenne ihn gerade einen Tag lang«, teilte ich dem Arzt mit. »Einen einzigen Tag, verdammte Scheiße.«

In den Augen des Hockeyspielers blitzte Widerstand auf. Ich drehte mich wieder zu der Krankenschwester und zu dem Arzt um. Nach ihrer besorgten Miene zu urteilen, stellten sie sich wohl gerade dieselbe Szene vor: wie mir dieser Typ den Hintern auswischte.

Also zog er gegen meinen Willen bei uns ein. Er schlief im Wohnzimmer auf dem Sofa. Wegen des verdammten Gipses konnte ich nur auf dem Rücken liegen. Jede Nacht wachte ich etwa fünfmal auf und schlief erst gegen Morgen wieder ein. Der Hockeyspieler stand früher auf: Er klappte das Sofa zusammen, lüftete und schlüpfte ins Badezimmer. Dann schaltete er sein Notebook ein und beantwortete seine Mails. Um neun klopfte er an die Tür von meinem Zimmer und wartete geduldig, bis ich ihm erlaubte hereinzukommen. Nach meinen grimmigen Anweisungen holte er die nötigen Kleidungsstücke aus dem Schrank, brachte sie ans Bett und setzte sich neben mich. Ich holte tief Luft, schimpfte ganz laut und fürchterlich, dann schloss ich die Augen und ließ mir die Träger vom Nachthemd über die beiden Gipsarme herunterschieben und mich komplett entkleiden. Dann zog er mir einen sauberen Slip an, ein T-Shirt, die Hose und Socken. Er putzte mir die Zähne, wusch mein Gesicht und kämmte mich. Er machte die Einkäufe, bereitete das Frühstück vor und fütterte mich. Er räumte den Tisch auf, schob Hollywoodkomödien in den DVD-Player (sein Bruder lud die Filme illegal aus dem Netz herunter) und machte für den Rest des Vormittags die Biege. Am frühen Nachmittag war er wieder da, kochte mir das Mittagessen, spülte ab und machte mir einen Kaffee. Er wählte auf meinem Handy die Nummern von allen Bekannten, bei denen ich mich noch nicht beschwert hatte; sobald sie abnahmen, stellte er das Telefon auf laut, legte es neben mich und ging auf den Balkon eine rauchen, damit er nicht hören musste, wie ich über ihn herzog.

Was ich mit größter Freude tat.

Während der ganzen Woche habe ich ihn kein einziges Mal angelächelt. Indianerehrenwort. Er briet mir zum Beispiel Spiegeleier – und ich sah ihm hasserfüllt vom Sofa aus zu. Die ganzen Tage hat er nur Beschimpfungen von mir gehört. Heute gebe ich zu, dass ich an dem Unfall nicht ganz unbeteiligt war, aber damals blinkte nur ein einziger Satz in meinem Kopf: DIESER ARSCH HAT MIR BEIDE ARME GEBROCHEN!

Gegen Abend gingen wir spazieren. Am Sonntag haben wir nur den Block umrundet, weil das Wetter nicht besonders gut war und ich

außerdem nicht von jedem wie eine Außerir-
dische angestarrt werden wollte. Am Montag
wurde es schön, und der Hockeyspieler brachte mich in seinem beschissenen Amischlitten
an den Zusammenfluss von Moldau und Sáza-
va. Dort starrte ich ins Wasser und schwieg.

Abends wurde gelesen, er musste die Seiten
umblättern.

Immer wieder schnüffelte ich an meinen
Achselhöhlen: nicht besonders angenehm.
Der Geruch wurde von Tag zu Tag schlimmer.
Pinkeln und Runterspülen konnte ich Gott
sei Dank alleine; mich abwischen nicht. Die
gesamte Intimhygiene habe ich aufs Urinie-
ren im Bidet reduziert – dass es nicht ganz
hundertprozentig klappte, ist wohl klar. Nach
drei Tagen konnte sogar ich mich riechen, also
wird es der Arme noch viel früher mitbekom-
men haben.

»Also gut, du Perversling, ich gebe auf«,
sagte ich.

Er sah mich beleidigt an. Habe ich schon
erzählt, dass er ein baumlanger Kerl war?

»Endlich ist es so weit. Du darfst mich waschen. Überall – falls du verstehst.«

»Gut«, sagte er, als hätte das keine besondere Bedeutung.

»Ich stinke wie eine Jauchegrube, wird also kein Vergnügen sein«, teilte ich ihm schadenfroh mit. »Das geschieht dir recht!«

Er lächelte nur. (Ich nicht.)

Ich gebe zu: Er hat keine einzige Bewegung gemacht, die ich hätte falsch auslegen können, aber er wusch mich so gründlich und so sanft, dass es mich erregte. Das bekam er natürlich mit. Was sein Selbstbewusstsein ankurbelte.

»Falls du noch weitere Wünsche hast, brauchst du nur Bescheid zu sagen.«

Er beugte sich sogar über mich, als würde er mich küssen wollen. Ich zog mich sofort zurück.

»Ja«, sagte ich gnadenlos. »Vergiss nicht, die Wanne zu schrubben.«

Die ersten vier Tage litt ich unter Verstopfung. Am Donnerstag hatte ich bereits solche Krämpfe, dass ich mir ein Abführmittel verabreichen musste – und am Freitag habe ich mich in einem wahren Sturzbach entleert.

»Du gehst jetzt mindestens eine Stunde lang hier nicht rein!«, verordnete ich ihm.

»Mach dir bloß keine Sorgen um mich«,

konterte er. »Denk lieber drüber nach, wie du dir deinen Hintern abwischst.«

Er schlug zurück. Ihm reichte es langsam auch.

Aber am Samstag nahm er mich doch zu diesem Spiel mit. Die Nordamerikanische Hockey-Liga in Prag! New York Rangers versus Tampa Bay Lightning. Das Stadion war ausverkauft und alle meine Freunde, die auch Slávia-Fans waren, nannten das Spiel begeistert das Ereignis des Jahres, aber ich war ungeschminkt, schlecht frisiert (von ihm, natürlich) und die Haut unter dem Gips juckte ganz fürchterlich. Dementsprechend war meine Stimmung. Er brachte mich auf unseren Platz, begrüßte seine Freunde, stellte mich aber niemandem vor. Er fragte, ob ich etwas vom Kiosk haben wollte. Ich glaube, er kannte meine Antwort im Voraus.

»Ein einziger Wunsch«, sagte ich trocken. »Dass mir nie wieder einer die Arme bricht.«

Er nickte.

»Noch drei Tage«, erwiderte er schmallippig. »Dann überreiche ich dich deinen Eltern, und wir sehen uns nie wieder. Da kannst du Gift drauf nehmen.«

Er drehte sich auf dem Absatz um und kam

nach fünf Minuten mit Unmengen an Popcorn zurück, bot mir aber nichts an. Kein einziges Mal. Er schaufelte das Popcorn mit vollen Händen in sich rein und konzentrierte sich auf das Spiel. Er hat mich einfach aus seinem Kopf verbannt. Entweder hat er meine verkrüppelte Existenz wirklich vergessen oder er täuschte das ziemlich glaubwürdig vor. Banause Banausowitsch Banausowski, dachte ich wütend. Ich hasste ihn.

In der Zeitung habe ich später gelesen, dass es eine riesige Show nach amerikanischem Vorbild war: Laser, Unterhaltungsprogramm in der Pause und so weiter – ich fand das Ganze trotzdem eher langweilig. Die erwähnte Pausenunterhaltung bestand in erster Linie daraus, dass ein nichts ahnendes Paar aus dem Publikum von einer Kamera ins Visier genommen wurde. Die erschreckten Gesichter der beiden wurden sofort auf dem riesigen Würfel gezeigt, der über der Eisfläche hing, und ein forderndes KISS! KISS! KISS! flimmerte über das Bild. In dem Moment klatschte das Publikum los, um die beiden armen Würstchen anzufeuern, sich live abzuküssen. Diese aufgenötigten Happyends machten mich ganz wütend.

Am Ende der Pause vor dem zweiten Drittel nahm sich die Kamera mich und den Hockeyspieler vor.

Mein erster Gedanke war: Klasse. War nicht anders zu erwarten. Genau das hat mir noch gefehlt.

Etwa zwölftausend Menschen lachten vergnügt über meine gebrochenen Arme.

Sie fingen an, im Rhythmus zu klatschen.

Ich schloss die Augen. Ich bekam keine Luft. Leckt mich doch am Arsch, dachte ich. Das Klatschen wurde immer stärker. Ich hätte nie gedacht, dass sich einer dieser unbarmherzigen Menschenmasse widersetzen könnte – aber genau das tat der Hockeyspieler: Er sah direkt in die Kamera und schüttelte verneinend den Kopf. Das Klatschen schwenkte sofort in Pfeifen und Buhrufe um, aber er kaute weiterhin ungerührt an seinem Popcorn. Ärger steht ihm übrigens sehr gut: Seine Augen werden ganz hart und auf einmal sieht er gefährlich und sexy aus. Ich starrte uns beide in diesem riesigen Würfel an – und auf einmal wusste ich es.

Der Schicksalswürfel!

Wie ein Roboter richtete ich meine Gipsarme auf ihn.

»Küss mich! Mach schon!«, befahl ich.

Er ließ sich Zeit, der Hund, aber dann gehorchte er doch.

Das Publikum tobte. Etwas in mir taute auf. Ich steckte ihm die Zunge in den Mund. Wir sahen uns an – und mir fielen endlich die Scheuklappen von den Augen. Zum ersten Mal sah ich ihn ohne den tränenreichen Schleier der erlittenen Schmach und meiner Aversion. Aber auch bei ihm hat es Klick gemacht. Er küsste mich noch einmal, schon ohne die Kamera: sanft und irgendwie *beschützend*, falls ihr versteht. In dem Moment war mir klar, dass der, den ich da küsste, der Mann meines Lebens war, der Vater meiner Kinder – und ich habe mich nicht getäuscht.

Die Liebe gibt es, das weiß ich.

Man muss bloß an Wasser in der Wüste glauben.

Jutta Profijt

Cappuccino mit einem Fremden

Lilly meint es gut mit mir. Wirklich. Auch wenn sie manchmal ein bisschen über das Ziel hinausschießt. So wie neulich.

Lilly ist meine beste Freundin. Erstaunlich genug, denn wir haben wenig gemeinsam. Sie ist feingliedrig, auf irische Art rothaarig und grünäugig. Sie nutzt ihr Abonnement im örtlichen Fitnessstudio regelmäßig und ist verheiratete Mutter von drei Kindern. Ich bin ziemlich klein, straßenköterblond, pummelig und ledig. Ich bin mit meinem Beruf verheiratet, sagt Lilly. Tatsächlich bin ich gar nicht verheiratet. Und genau das sei das Problem. Sagt, Sie ahnen es schon, Lilly. Aber das ist eine andere Geschichte. Dachte ich wenigstens.

Kennengelernt haben wir uns während der Ausbildung. Wir schwärmten beide für den Fachkundelehrer an der Berufsschule. Aber anstatt darüber einen Zickenkrieg vom Zaun zu brechen, schweißte uns die unglückliche Anbetung zusammen. Kurz darauf heiratete

Lilly. Nicht den Fachkundelehrer, sondern den Chirurgen, der sie nach einem Sportunfall behandelt hatte. Ich blieb meinem Beruf treu. Lilly bekam Kinder, ich die erste Beförderung. Lilly machte Rückbildungsgymnastik, ich Diät. Ihre wirkte, meine nicht.

Lillys Betroffenheit über meinen Zustand als alternder Single wurde immer offenkundiger, obwohl ich mich selbst nie bemitleidete oder gar beschwerte. Zu meinem dreiunddreißigsten Geburtstag schenkte sie mir ein Wellness-Wochenende inklusive Haarschnitt und Strähnchen. Zum fünfunddreißigsten einen Diätratgeber und zum sechsunddreißigsten, das war vor zwei Monaten, brachte sie einen Computerausdruck mit. Persönlichkeitsprofil, Foto und Kontaktdaten eines Mannes auf der Suche nach einer Partnerin.

»Ich habe ihm gemailt«, flüsterte Lilly mir ins Ohr.

»Ich dachte, du bist mit Werner glücklich?«

»Für dich natürlich«, erwiderte sie. »Ihr seid für morgen Abend verabredet.«

Ich ging zu dem Treffen, wie man zu einem Termin beim Zahnarzt geht. Man hofft, dass es nicht wehtut und schnell vorbei ist. Der

Ort der Begegnung war eine dieser modernen Coffee-Lounges, das Erkennungsmerkmal sollte eine rosafarbene Zeitung sein. Wegen der Farbe des Zeitungspapiers fragte ich mich kurz, ob seine Kontaktanzeige vielleicht besser unter der Rubrik »Er sucht Ihn« hätte stehen müssen, aber die Erklärung klang plausibel: Eine Coffee-Lounge statt Kneipe, weil der Laden hell und rauchfrei sei, und die Zeitung mit der ungewöhnlichen Kolorierung war kein Schwulenblättchen, sondern die ›Financial Times‹.

Gleich beim Eintreten wurde mir wieder bewusst, warum ich eine ehrliche deutsche Kneipe mit noch so dichten Rauchschwaden jedem modernen Koffein-Tempel vorziehe. In einer Kneipe ist das Licht gedämpft, was sowohl dem Teint als auch der Haarfarbe schmeichelt, denn seit dem von Lilly verordneten Wellness-Abenteuer waren drei Jahre vergangen und jeder noch so kleine Rest lichten Blonds meinem Kopf lang entwachsen. Außerdem gibt es in einer Kneipe Durchschnittsmenschen. Mittelgroß, mittelschwer, mäßig attraktiv. Meinesgleichen.

In diesem Lokal gab es nur Menschen, die dem aktuellen Schönheitsideal entsprachen.

Leute, die mich täglich von Plakaten anlächelten, auf dem mühelosen Weg zum Erfolg mit 24-Stunden-Deo-Schutz, weißen Zähnen und probiotischer Idealfigur versehen. In solcher Gesellschaft fühlte ich mich unwohl, eine Außenseiterin im Sandkasten der Reichen und der Schönen.

Bis ich ihn sah.

Die rosa Zeitung stand ihm ganz hervorragend, sie kontrastierte mit seiner olivfarbenen Haut und dem Haar, das den gewissen Blauschimmer hatte, der wirkliches Schwarz kennzeichnet. Südländisches Schwarz. Romantisches, heißblütiges, sinnliches Schwarz. Sündiges Schwarz! Ach, Quatsch, rief ich mich zur Ordnung. Einfach schwarz halt.

Ich steuerte zielstrebig auf seinen Tisch zu, fragte kurz »Frank?« und setzte mich zu ihm. Er sah lächelnd auf und nickte. Er erhob sich halb. Ein Gentleman.

»Was möchtest du trinken?«, fragte die blutjunge Bedienung, deren schneeweiße Schürze knapp unter dem gepiercten Bauchnabel hing.

»Einen Kaffee«, sagte ich.

»Espresso, Cappuccino, Latte Macchiato,

Caffè Lungo, Ristretto, Caffè Latte, alles normal oder *Decaf* ...«

Ich habe den Hype um das Zeug nie verstanden und somit auch keine Ahnung, was alle diese Getränke voneinander unterscheidet. Bevor ich morgens das Haus verlasse, schütte ich eine Tasse Instant-Kaffee in mich rein, und im Büro trinke ich die dunkle Brühe, die eine jahrzehntealte Kaffeemaschine unter asthmatischem Brodeln in eine schäbige Kanne spuckt und über sechs oder sieben Stunden lauwarm hält.

»Cappuccino«, sagte ich. Das Wort kam mir in den Sinn wie die Erinnerung an einen fernen Bekannten.

Seine Zähne waren makellos und weiß wie Schnee. Die Schultern angenehm ausgeprägt, aber nicht zu kantig, die Augen unter seidigen Wimpern dunkel, aber nicht verhangen, die Hände gepflegt, aber nicht weibisch. Lilly hatte im weltweiten Netz der Singles ein Prachtexemplar an Land gezogen.

Der Cappuccino kam, und ich widmete mich dem Miniaturkeks, der aussah wie ein Miniatur-Hundehäufchen und Amarettini hieß, wie Frank mir erklärte. Der Mann kannte sich aus. Was ich so mache?

»Ich bin Verwaltungsbeamtin«, sagte ich. »Schreibtischjob. Und du?«

»Broker«, entgegnete er und klopfte auf die Zeitung. »Pflichtlektüre.«

Noch während ich nickte, klingelte irgendwo an seinem gut gebauten Körper ein Telefon. Er bat um Entschuldigung, sprach kurz auf Englisch in das winzige Gerät und wandte sich wieder mir zu.

»Tut mir leid, wir haben gerade eine wichtige Sache mit Saudi-Arabien laufen. *Big deal.*«

»Wir hätten uns auch später treffen können, wenn du noch beschäftigt bist«, sagte ich, nur um irgendetwas zu sagen.

»Später?« Er lachte. »Ich arbeite *around the clock,* wenn du weißt, was ich meine. Mein Job ist nicht *nine to five,* da gibt es keinen Feierabend und kein *weekend,* irgendwo auf der Welt ist immer gerade *high-time,* und die Börse boomt.«

»Aha«, sagte ich. Mein Englisch war etwas eingerostet, aber ich hatte kapiert, was er mir sagen wollte.

»Was machst du in deiner Freizeit?«, fragte er und lehnte sich vor. Seine Augen blickten interessiert und sandten wärmende Strahlen über meine Wangen wie die Sonne im Juli oder die Rotlichtlampe gegen Erkältungen.

»Ich wandere gern«, sagte ich, denn das stimmte nicht nur, sondern müsste ihm auch, nach seiner Selbstdarstellung im Persönlichkeitsprofil als »Naturfreak«, entgegenkommen.

Die wunderschön geschwungenen Augenbrauen zuckten leicht. »Wandern?«, fragte er in einem überraschten Tonfall, in dem jemand, der ihm Übles hätte unterstellen wollen, vielleicht noch einen Anflug von Spott hätte hören können.

»Ja«, entgegnete ich locker. »Radfahren mag ich auch. Und du?«

»Ich bin natürlich meistens *busy*. Wenn ich *off* habe, dann muss es richtig peppen. *Freeclimbing, rafting, kite-surfing, canyoning*, solche Sachen.«

Der Cappuccino schmeckte etwas fad und wurde langsam kühl, aber dafür konnte Frank natürlich nichts. Er bestellte noch einen Espresso.

»Dieser Kinderkram mit Milch und Sahne ist nichts für mich. Kaffee muss *powern*. Warme Milch habe ich getrunken, als ich noch um sechs ins Bett musste«, erklärte er mit einem breiten Grinsen.

Ich grinste mit. Mir fiel auf, dass seine Wangen, die ich für gebräunt gehalten hatte, wohl eher einen Schimmer von neuem Bartwuchs zeigten. Bei näherer Betrachtung wirkten sie etwas eingefallen.

»Ich hatte überlegt, gleich ins Kino zu gehen«, sagte ich. »Hast du Lust?«

»Kino?« Er lachte etwas gezwungen. »Ist ja lieb, dass du fragst, aber ich muss gleich *back to work*. Tokio schließt erst später, da muss ich vor der Glocke noch mal reinschauen.«

Ich wusste nicht genau, was er mit der Glocke meinte, wollte aber auch nicht nachfragen.

»Lohnt sich denn die viele Arbeit?«, fragte ich.

»Na klar!«, erwiderte er mit einem Grinsen, das bis zu seinem linken Backenzahn reichte, der sich durch eine Goldkrone hervortat. »Keiner meiner *class-mates* kann es auch nur annähernd mit mir aufnehmen. Finanziell, meine ich.«

Er zwinkerte mir verschwörerisch zu. Ich zwinkerte hastig und ungeübt zurück.

»Also gehörst du auch zu den Leuten, denen der Finanzminister eine Weihnachtskarte mit warmen Dankesworten schickt«, stellte ich mit leicht spöttischem Tonfall fest. Die Formulierung war geklaut, ich weiß nicht mehr von wem, aber sie gefiel mir.

»Der Finanzminister?«

Er hatte diese seltsame Art, das Hauptwort aus dem letzten Satz zu wiederholen, die ich bisher Psychiatern unterstellt hatte. Nicht, dass ich je einen kennengelernt hätte, deshalb ja die Unterstellung.

»Der Finanzminister denkt, dass ich mit einem kleinen Fixgehalt gerade so viel verdiene, dass ich mich nicht in der Suppenküche verpflegen muss.« Sein Grinsen hatte die maximale Breite erreicht, und wenn die Zähne auch schön gewachsen und gepflegt waren, erinnerte mich der Anblick dieses gebleckten Gebisses doch sehr an das Filmposter vom weißen Hai.

»Aber wenn du festangestellt bist, weiß der Staat doch, was du verdienst, oder?«

Ich gebe zu, dass ich mich mit der Frage deutlich blöder stellte, als ich bin, aber sie rutschte mir so heraus.

»Mein Fixgehalt geht auf ein deutsches Konto, die Provisionen ins Ausland. Meist direkt in Immobilienanlagen, Indexzertifikate, Derivate, Hedgefonds oder Beteiligungen, die kein Mensch jemals zu mir zurückverfolgen kann. Es sei denn ...«

Er sah aus wie ein als Weihnachtsmann verkleideter Student, der darauf wartet, für seine Freundin die rote Unterwäsche aus dem Sack zu zaubern.

»Es sei denn ...?«, half ich nach.

»Es sei denn, er wüsste, dass all diese Zahlungen über eine Finanzagentur auf Jersey laufen, die meinem Kumpel Richie gehört.«

»Richie klingt ja wie ein richtiger Gaunername«, flüsterte ich in einem, wie ich hoffte, konspirativ klingenden Tonfall.

»Richie heißt Richard Blake, ist halb Engländer, halb Deutscher und inzwischen vermutlich mehrfacher Millionär.«

»Neidisch?«, fragte ich spitz.

»Ach wo, bin ich ja selbst«, erwiderte Frank, blickte auf seine goldene Uhr, erschrak und schüttete hastig den Espresso in sich hinein.

»Tut mir leid, *gotta go*«, sagte er, raffte Handy, rosafarbene Zeitung und einen Schlüsselbund mit Porsche-Anhänger zusammen und stand auf. »Ich zahle an der Theke, du bist selbstverständlich eingeladen«, sagte er. »Ich ruf dich an«, schob er noch hinterher, und ich nickte eilig in dem Bewusstsein, ihm meine Nummer nicht gegeben zu haben.

Lilly bedauerte mich, als ich ihr den Verlauf des Abends schilderte, aber dazu besteht kein Anlass. Für mich war die Sache ein voller Erfolg. Schließlich bin ich mit meinem Beruf verheiratet. Ach, das hatte ich ja ganz vergessen zu erwähnen. Ich bin Verwaltungsbeamtin, wie Sie ja wissen. Bei der Steuerfahndung. Frank hat mir eine dicke Prämie und eine weitere Beförderung eingebracht.

Hoppla, schon so spät? Entschuldigung, aber ich muss gehen. *Blind date.* Und Freitag das nächste. Ich habe die Taktik verfeinert, mein Finanzvokabular um Börsenblabla erweitert und mir eine passende Garderobe zugelegt. Dezent, geschmackvoll, teuer. Die Art, die den Kerlen suggeriert, sie müssten mir doppelt imponieren.

Die Begegnung mit Frank hat mein Leben bereichert – wenn auch nicht so, wie Lilly gehofft hatte.

Dietmar Bittrich

Originelle Fotos

Wenn Sie das nächste Mal zu mir zu Besuch kommen, möchte ich Ihnen gern meine neuesten Urlaubsfotos zeigen. Bestimmt freuen Sie sich schon darauf. Und zweifellos sind Sie ganz begierig auf meine Erläuterungen. Der geschriebene Text ist noch nicht fertig, zum Einkleben oder zum Layout bin ich noch nicht gekommen. Aber bitte: »Dies ist das Tal, ganz am Ende liegt unser Ort, an diesem Tag war es leider etwas dunstig«, oder: »Hier mussten wir ganz lange auf den Bus warten, wir dachten schon, er kommt nicht mehr«, oder: »Dies ist unser Hotelzimmer, da steht unser Koffer«, und: »Hier war unser Strand, und da unter dem Sonnenschirm, das kann man jetzt nicht erkennen, das müsste Claudia sein.«

Während ich Ihnen ein gelungenes Bild nach dem anderen präsentiere, gehe ich die ganze Reise noch einmal mit wachsender Begeisterung durch. Sie sollen auch die Gelegenheit haben, ausgiebig zu staunen und bewundernde Fragen zu stellen.

Seien Sie schon mal gespannt auf mein Foto eines Blauwals vor der kanadischen Küste! Jedenfalls von seiner Flosse.

Im Monument Valley ist es mir geglückt, eine waschechte alte Indianerin vor ihrem authentischen Tipi zu fotografieren! Wenn sie von allen anderen, die nach mir kamen, ebenfalls zehn Dollar genommen hat, müsste sie übrigens inzwischen recht wohlhabend sein. Möglicherweise wohnt sie gar nicht im Tipi.

Oh, und da Sie so interessiert reagieren, möchte ich Ihnen gern noch ein paar Meisterwerke der vorletzten Reisen zeigen. Die hatten Sie noch nicht gesehen. Hier, in Schottland, konnte ich einen echten Dudelsackpfeifer im Schottenrock aufnehmen, aber nicht im Folklore-Lokal, sondern vor original schottischer Berglandschaft! Wie bitte? Stimmt, er stand am Rand des Parkplatzes, auf dem alle Busse hielten. Woher wussten Sie das?

Aber dann muss ich Ihnen unbedingt diesen Geniestreich raussuchen: Da habe ich den Schiefen Turm von Pisa fotografiert, allerdings nicht einfach so! Sondern meine Frau hat sich in den Vordergrund gestellt und den

Arm so gehoben, dass es aussieht, als wenn sie den Turm abstützt! Jaha, man muss nämlich originelle Einfälle haben!

Wie? So ein Foto hat schon Ihr Vater gemacht? Eigentlich alle, die Sie kennen und in Pisa waren? Geben Sie mir Bedenkzeit. Und meine Schwägerin neben einem englischen Wachsoldaten mit Pelzmütze? So etwas kennen Sie ebenfalls. Aber jetzt, hier, das ist witzig: ich selbst in der mittelalterlichen Folterkammer mit gequältem Gesichtsausdruck!

Das haben Sie genau so von Ihren Kindern gemacht? Ah ja. Hier habe ich mich wagemutig auf das steinerne Pferd am Reiterdenkmal gesetzt – das möchten Sie jetzt nicht mehr sehen. Gut. Aber trotzdem tolle Fotos, oder? Mit der Beleuchtung war es manchmal etwas schwierig. Die Automatik macht ja leider sehr viel verkehrt, man kann kaum noch selbst was einstellen. Und dass die Farben so komisch sind, liegt entweder am Bildschirm oder am Drucker. Und Sie müssen selbst zugeben, dass die Sehenswürdigkeiten im Original einfach nicht mehr so sehenswürdig aussehen wie im Katalog.

Übrigens, auf Ihren eigenen Fotos, das weiß

ich doch, kippen alle Kathedralen nach hinten, die Rathäuser neigen sich zur Seite, und wenn Sie Ihre Frau aufnehmen, ist immer nur der Hintergrund scharf! Na, ich kenne das Problem. Einerseits müssen wir genau die Bilder machen, die sowieso in jedem Prospekt sind, als Beweis, dass wir da waren.

Andererseits möchten wir uns von der Masse abheben. Und als unterscheidendes Merkmal bleiben oft nur unsere Mitreisenden. Oder wir nehmen, um mal wirklich etwas Echtes zu haben, die Einheimischen auf. Etwa auf dem Markt, wo sie es im Gewühl nicht merken. Oder wir entdecken wettergegerbte alte Leute auf einer Bank vorm Haus; die sehen echt aus und wehren sich nicht. Das tut gut.

Indem wir fotografieren, verliert die Fremde etwas von ihrer vagen Bedrohlichkeit. Wir nehmen sie ein bisschen in Besitz und gewinnen sogar ein leichtes Überlegenheitsgefühl. Natürlich leidet unsere Reise darunter, dass wir ständig nach lohnenden Motiven suchen. Aber wir können uns ja später alles in Ruhe zu Hause ansehen!

Komischerweise tun wir das dann nur ein einziges Mal. Oder eben, wenn Freunde kommen. Solche aufrichtig interessierten Menschen wie Sie. Also kommen Sie, Sie kriegen auch ein paar Kekse dazu! Nur Ihre eigenen Fotos lassen Sie bitte zu Hause.

Siegfried Lenz

Unter Dampf gesetzt

Über die finnische Sauna

Auf dem Schiff gab es keine Sauna. Duschen gab es da, kalte und warme, schlichte Wannenbäder; nie waren sie besetzt, der gestrichene Boden der Wanne trocken, aufgesprungen, die Hähne fest zugeschraubt, keine Tropfen zeugten von frischer oder gar häufiger Benutzung. Gemieden, ja mit hochmütiger Verachtung gestraft, so erschienen die Duschen, erschienen die schlichten Wannenbäder, keinem Körper durften sie zu einfacher Wohltat verhelfen, keinen abgespannten Geist erquicken, der von zehrender Verhandlung nach Hause fuhr, nach Finnland. Traurig ist das Dasein von Badeeinrichtungen auf finnischen Schiffen.

Ja, auf dem Schiff schon, auf dem kleinen, sauberen, uralten Dampfer, merkte ich, lange bevor die finnische Küste in Sicht kam, daß schlichte Bäder ein Schattendasein führen, für den absoluten Finnen nur so viel Bedeutung haben wie auf Kuba die politische Opposition. Nur im Notfall würde er ein gewöhnliches Bad betreten, und das auch nur mit anhaltendem Widerwillen und dauerhaftem Selbstvorwurf: Schon auf dem Schiff erfuhr ich es. Und mit der Verachtung für das schlichte Wannenbad erfuhr ich etwas vom Triumph der Sauna, von ihrer Bedeutung dortzuland.

Oh, sie freuten sich alle schon darauf, meine finnischen Mitpassagiere, Hochstimmung setzte ein, je näher wir der Küste kamen, fröhliche Erwartung. Es ging nach Hause, und das schien nur zu bedeuten: in die schmerzlich entbehrte Sauna.

Mitleid überkam sie, als sie erfuhren, daß ich es mit der traurigen Dusche versucht hatte; ihre Anteilnahme ging so weit, daß sie mich einluden, drei, vier Einladungen zu gleicher Zeit, jedoch nicht, um gemeinsam zu essen, spazierenzugehen oder Pilze zu sammeln, sondern alle luden mich ein, in ihre Sauna zu kommen, mit ihnen zusammen zu saunieren. Ein junger Ingenieur lud mich dazu ein, ein lederhäutiger Greis, selbst eine sehr reife Dame zeigte sich von Mitleid erfüllt und lud mich ein zur gemeinsamen Sauna. Nie, versicherten sie, nie würde ich ein gewöhnliches Bad mehr betreten, wenn ich erst die vielfältige Wohltat der Sauna erfahren hätte. Ihre Versicherungen waren so bestimmt, die Schilderungen des Saunalebens so schwelgerisch, daß ich mir ihre Sauna ungeduldig vorzustellen begann: Ich dachte an die römischen Thermen, sah mich bereits auf lokkerem Ruhebett, gesalbt von den strohblonden Töchtern Suomis, von ihrer sportlichen Anmut umgeben. Ich sah mich schon Tage, Wochen, ja vielleicht mein ganzes Leben in der Sauna zubringen; denn fühlte ein Römer sich nicht in den Thermen zu Haus? Entstand die Politik, die Rom zur Weltmacht führte, nicht im Lavendelduft moussierender Bäder? Und wurden die angenehmsten Geschäfte nicht geschlossen, während eine kleine, wohlerfahrene Hand die Stirn frottierte, den Rükken verständig behandelte? Ich nahm die Einladungen an.

Ein höflicher Richter war mein Gastgeber, ein breitwangiger, untersetzter Mann um die Fünfzig, glatthäutig, sehr glatthäutig; liebevoll nahm er sich meiner an, lud mich ein in sein Landhaus, er versprach, mich in das Zeremoniell der Sauna einzuführen, mir die Augen zu öffnen für ihre vielfältige Wohltat.

Als wir dann draußen waren, draußen an einem verfilzten Wald, vor einem flachen, schilfgesäumten See, wo das Landhaus lag, suchte ich sofort nach dem Ort der vollkommenen Erquickung. Ich konnte ihn nicht entdecken. Ich fragte meinen Gastgeber, und er deutete auf ein kleines, braungetünchtes Holzhaus und sagte: »Das ist die Sauna.« – »Das?« fragte ich. »Das«, sagte er höflich und mit versonnenem Blick. Das Holzhaus stand unmittelbar am See, von fettglänzenden Erlen umgeben; harmlos sah es aus, wie ein schmukker Schuppen, eine gepflegte Bude, und es war so klein, daß ich unwillkürlich überlegte, wie die strohblonden Töchter Suomis, die mich salben, verständig massieren sollten, darin Platz finden könnten. Mein Gastgeber hatte zur Saunazeremonie noch einige Freunde mitgebracht, ein Kapitän war darunter, ein Direktor, auch zwei stumme, wohlerzogene Söhne hatte er mitgebracht – auf seine Großmutter mußte er schweren Herzens verzichten, da sie verreist war, sonst wäre auch sie dabeigewesen. Höflich lächelten wir uns zu, rauchten Zigaretten und blickten auf die Stätte vollkommener Erquickung: Rauch stieg aus der braungetünchten Bude auf, giftgelber

Qualm, der kräuselnd durch die Erlen strich; das einzige Fenster war blind. Es war kalt. Ein kalter Wind kam auf. Ich begann zu frieren. Mein Gastgeber kam zu mir und sagte: »Wir haben eine Redensart in Finnland, wir sagen: ›Wenn die Sauna nicht mehr hilft, das Schröpfen und der Schnaps, dann kann man sterben, ohne sich Vorwürfe machen zu müssen, eine Therapie versäumt zu haben.‹ Wenn die Sauna nicht mehr hilft, hilft nichts mehr.« – »Ich werde es mir gut merken«, sagte ich und blickte gespannt auf die schmucke Bude, die soviel Wohltat bereithalten sollte – und nicht nur Wohltat, sondern nebenbei wohl auch das belebendste Elixier der Welt. Wir schnippten nacheinander die Kippen fort, höfliche Blicke trafen mich, Blicke der Aufforderung. Ich sah auf meine Uhr: Es war neun Uhr abends. Um mich herum wurden die Hemden abgestreift, rutschten Hosen zu Boden, die Hose des Kapitäns, die Hose des Direktors und die Hose meines Gastgebers; lächelnd standen die Herren da, in eindrucksvoller Kreatürlichkeit. »Es ist soweit«, sagte mein Gastgeber leise, »der Augenblick ist da.«

Höflich sahen die Herren zu, wie ich mich auszog, sie nickten beifällig, wenn ein Stück nach dem andern fiel, und ihre Gesichter zeigten Genugtuung, als ich nackt und zitternd zwischen ihnen stand. Sie drückten mir die Hand. Sie komplimentierten mich unter Formen weltläufiger Höflichkeit zur Sauna.

Ich hatte den Vortritt. Eine höfliche Hand öffnete die Tür, drückte mich mit sanftem Zwang hinein, und ich dachte – konnte ich überhaupt noch denken, nein reagieren, panisch reagieren? –, das war das einzige, wozu ich noch fähig war: fliehen, raus hier, nur fliehen, das wollte ich. Als ob sie mir einen glühenden Pfahl in die Luftröhre gestoßen hätten, so fühlte ich mich nach dem Eintritt in ihr Heiligtum: Eine heiße, trockene, würgende Luft fiel mich an – zugegeben, sie war auch würzig –, und vor dem Auge wurde es schwarz.

Was hatten sie mit mir vor? Ich sah, soweit es noch möglich war, flehend in ihre Gesichter, hilfesuchend, ich hielt nach einer Lücke zwischen ihnen Ausschau, aber zwischen ihnen war keine Lücke, und alle Gesichter lächelten mir höflich zu. Ihre Höflichkeit zwang mich zu bleiben. Der letzte schloß die Tür. Ein irdener Rundofen in einer Ecke, in der anderen ein Bottich mit Wasser, an der Wand, stufenförmig, drei Holzbänke; war dieser kleine hölzerne Käfig schon der Ort vollkommener Erquickung? Freundlich schubsten sie mich zur Bank, nötigten mich, Platz zu nehmen, und ich setzte mich mit dem glühenden Pfahl in der Brust.

»Sie werden die ganze Zeremonie kennenlernen«, sagte mein Gastgeber, »ich hoffe, es macht Ihnen Freude.« – »Sicher«, stöhnte ich, »es macht mir ungeheure Freude.« Die Herren setzten sich auf die stufenförmige Bank, legten die Hände auf die Knie, beobachteten mich und lächelten mir liebenswürdig zu. Ich versuchte zurückzulächeln mit dem glühenden Pfahl in der Luftröhre. Meine Haut begann sich zu verfärben, Kochwurstfarbe anzunehmen, sie dehnte sich, schwoll und schwoll, gleich, dachte ich, gleich macht es pfffft, irgendwo platzt es, und dann entweicht alles zischend aus dir wie aus einem geöffneten Ventil. Soweit kam es nicht. Zu gegebener Zeit erhob sich mein Gastgeber, schöpfte mit einer Pütz Wasser aus dem Bottich und schleuderte das eiskalte Wasser gegen den irdenen Ofen. Ein Knall, ein Zischen, und in der fauchenden Dampfwolke, die sich löste, glaubte ich Luzifer auffahren zu sehen. Dampf hüllte

uns ein, unsichtbar waren die höflichen Gesichter der Herren – stockte der Atem? Ver-
weigerten Herz und Lunge die Arbeit? Etwas
bereitete sich in mir vor, etwas staute und sammelte sich, ich spürte es genau, und dann,
nachdem der Gastgeber eine zweite Pütz Wasser gegen den Ofen gegossen hatte, brach es
von innen aus: Der Hals öffnete sich, die Stirn
öffnete sich, alles tat sich auf und gab frei,
woraus der Mensch zu über zwei Dritteln besteht – Wasser. Wie viele Durstige können damit getränkt werden; literweise brach es aus,
rann kribbelnd in Bächen ab – welch ein Was-
ser-Reservoir ist der Mensch! Unhörbar quel-
lend trat es hervor, und besorgt blickte ich an
mir herab, erwartete zu schrumpfen oder zu-
sammenzufallen. An den Füßen, ja, auf dem
gebogenen Zementfußboden, sammelte sich
das Wasser, floß sacht in eine Rinne, gewann
an Kraft und strömte zu einem Abflußrohr in
der Wand. Erschrocken und gelähmt, vor allem aber gelähmt, starrte ich auf das Abfluß-
loch – war das schon Todesangst?

Ich blickte so fasziniert darauf, daß ich
nicht merkte, wie mein Gastgeber aufstand –
plötzlich aber riß es mich aus melancholi-
schem Sinnen, riß mich auf die Beine, die

Hände schlossen sich zu Fäusten, die Fäuste
nahmen Abwehrstellung ein: Ah, während
ich gebannt dagesessen hatte, schlug mir mein
höflicher Gastgeber eine Pütz Wasser um die
Ohren, eiskaltes Wasser, forsch gegossen, wie
ein Dolch traf es mich, der Schock riß mich
hoch. Ich wollte zur Tür stürzen. Doch die
Herren auf der Bank lächelten höflich und
nickten mir anerkennend zu. Und mein Gastgeber reichte mir die Pütz und bat mich, ihm
nun die gleiche Wohltat zu erweisen, »als
willkommene Abkühlung«, wie er meinte,
und so keuchte ich zum Bottich, füllte die
Pütz und – wo waren meine Kräfte geblie-
ben? War die Pütz aus Blei? Zitternd stemmte
ich sie über den geröteten Rücken meines
Gastgebers, kippte sie langsam um, ein dünner, eiskalter Strahl ergoß sich auf den Richter, und er schaute sich um, erstaunt, ein wenig unwillig, ich goß nicht forsch genug, der
Herr vermißte die »willkommene Abkühlung«. »Ist es nicht wunderbar«, fragte er, »es
geht einem durch und durch.« – »Zweifellos«,
hauchte ich, »zweifellos.« – »Das ist die original Finnische Sauna«, sagte er. »Ich spüre es«,
sagte ich mit dem glühenden Pfahl in der
Brust. »Die beste Medizin«, sagte er.

Und ich dachte: Überstehen ist alles, und ließ mich auf meine Bank fallen. Als ich vorübergehend bei Atem war, sagte ich – in der Hoffnung, daß nach der willkommenen Abkühlung die Folter beendet sei: »Darf ich die Handtücher holen? Wenn die Herren wünschen, hole ich sie gern, sehr gern«, und ich erhob mich und wollte zur Tür. »Es beginnt doch erst«, sagte mein Gastgeber. Wieder zischte Wasser gegen den Ofen, fuhr Luzifer aus der fauchenden Dampfwolke, die uns verhüllte, und die Quellen öffneten sich. Gleichmütig, wie die Physik es vorschreibt, sammelte sich das Wasser in der Rinne, gab dem sanften Gefälle nach und wanderte zum Abflußrohr, das in den See führte. Ich blickte mir nach, wie ich davonrieselte, murmelte meinem verflüssigten Teil einen schwachen Gruß zu, bis es mich, unvermutet, wieder hochriß. In meditierender Wehmut klatschte eine neue Pütz Wasser gegen meinen Rücken, ich hob die Fäuste, doch Fäuste öffnen sich vor höflich lächelnden Gesichtern. Erschöpft verhalf ich dem Gastgeber zu der gleichen Abkühlung und fragte schnell: »Werden vielleicht die Handtücher gewünscht?«

Niemand wünschte sie – außer mir. Alle

Herren, der Kapitän, der Direktor, mein Gastgeber und die stummen, wohlerzogenen Söhne – alle lächelten, seufzten unter belebender
Wohltat, sie drehten ihre Schenkel, kniffen an
den Zehen herum, kratzten sich unaufdringlich, für sie war es vollkommene Erquickung.
Und während der Kapitän und der Direktor
zu politisieren begannen – ich hörte mehrmals
schnell hintereinander: Mao Tse-tung, Mao
Tse-tung –, beugte sich mein Gastgeber zu
mir und bat mich sehr höflich um Entschuldigung. »Wofür«, fragte ich, »wofür bitten Sie
mich um Entschuldigung?« – »Weil wir hier
keine Frauen zur Hand haben.« – »Wozu
brauchen wir hier Frauen?« fragte ich matt.
»Zum Abseifen«, sagte er. »In den größeren
Saunen bei uns werden wir von Frauen abgeseift. Leider ist meine Großmutter verreist,
sie hätte es übernommen.« – »Schade«, sagte
ich, »hoffentlich hat sie eine gute Reise.«

Mein Gastgeber erhob sich, machte eine,
wenn auch nur angedeutete Verbeugung der
Höflichkeit, und als ich ratlos zu ihm aufsah,
sagte er: »Ich bedaure zutiefst, daß keine Frau
hier ist; erlauben Sie deshalb, wenn ich Sie nun
abseife. Ich werde bemüht sein, mein möglichstes herzugeben. Darf ich bitten?« – »Bit-

te«, sagte ich. Er führte mich zum Fenster, schlug mir eine Pütz Wasser um die Ohren, worauf ich mir nur mit Mühe meine Besinnung erhalten konnte, und dann begann er sein möglichstes beim Abseifen herzugeben. Meine Stirn ruhte auf dem Fensterkreuz, und ich erschauerte plötzlich, als die Seife mich berührte: Nein, es war keine gewöhnliche Seife, zumindest keine, womit Filmsternchen ihren milchigen Teint erzeugen, ein riesiger Block von Kernseife war es, kiloschwer, in der Größe einer 15-cm-Langrohrgranate, und er stemmte die Seife hoch und gab sein möglichstes her auf meinem Rücken.

Ich schloß die Augen, die Stirn schlug rhythmisch gegen das Fensterkreuz, der Körper schüttelte sich – hatte indes nicht mehr die Kraft, sich aufzubäumen, zu protestieren, und als ich nichts mehr zu spüren glaubte, nur noch Knetmasse in seinen Händen war, da setzte er den Seifenblock auf den Boden und nahm eine Bürste. Ich vermute, er wollte meine Haut als Souvenir behalten, denn die Bürste, die er nahm, war auch keine gewöhnliche Bürste: Ein Piassava-Besen schien es zu sein oder eine solide Drahthaarbürste, mit der man den Rost von Leitungsrohren bürstet.

»Die Handtücher«, keuchte ich.

»Bitte«, sagte mein Gastgeber höflich, »bitte, wir sind erst mitten in der Zeremonie, und zunächst fände ich es ausnehmend liebenswürdig, wenn Sie nun auch mich abseiften, vorausgesetzt natürlich, daß Ihre Güte soweit reicht.« Reichte sie soweit? Ich sammelte Kraft, konzentrierte mich wie ein Hammerwerfer, dann stemmte ich den Block Kernseife hoch, ließ ihn den Rücken meines Gastgebers hinuntergleiten – schlapp, zu schlapp für ihn, der sich umwandte und mich erstaunt und sorgenvoll musterte. Als sein Rücken leidlich mit Seife bedeckt war, nahm ich die Drahtbürste, wedelte erschöpft, vor allem unsystematisch herum, nein, ich brachte die Seife nicht zum Schäumen. Verausgabt, besonders aber verzweifelt, stülpte ich zum Schluß eine Pütz Wasser über den Richter und hauchte: »Jetzt doch aber die Handtücher!« – »Jetzt gehen wir in den See«, sagte er, »wir dürfen das Zeremoniell nicht unterbrechen.«

Die anderen Herren, die sich ebenfalls abgeseift hatten, gingen an uns vorbei zur Tür, sie gingen durch die Erlen, betraten einen Steg und sprangen durchaus elegant ins Wasser. Schwimmend durchquerten sie den Schilfgürtel und schwammen hinaus auf den dunklen See. Wir standen noch auf dem Steg, ich sah zu den Wäldern hinüber – waren es die Wälder, in denen Nurmi trainiert hatte für seine unsterblichen Läufe? Fliehen, jetzt fliehen, mit Nurmis Ausdauer, seiner enormen Schrittweite. »Bitte, nach Ihnen«, sagte mein Gastgeber und zeigte aufs Wasser.

»Oh«, sagte ich, »diesmal wollen wir doch vergessen, daß ich Ihr Gast bin. Ich lasse Ihnen gern den Vortritt!«

»Sie sind mein Gast«, sagte er, »nur zu.«

»Kann man hier springen?« fragte ich.

»Sicher«, sagte er, »es ist tief genug. Im Augenblick treiben ja keine Eisschollen.«

»Nein«, sagte ich, »schade, es ist kein Eis zu sehen.«

»Vor drei Wochen hatten wir noch Eis.«

»Dann hätte ich früher kommen sollen«, sagte ich.

Mein Gastgeber sprang zuerst, verschwand unter Wasser und tauchte prustend im Schilf auf und rief mit einer Stimme, die nichts als Behagen verriet: »Bitte, ich warte auf Sie.« Ich schloß die Augen. Ich sprang. Und in der Zeit, in der ein Schwimmender sich umdreht, stand ich wieder auf dem Steg.

»Kommen Sie nicht mit?« rief mein Gastgeber.

»Ich bin schon wieder zurück«, rief ich, »es war wunderbar, eine willkommene Abkühlung!« Ich stand auf dem Steg, beobachtete die schwimmenden Herren, die noch schwimmend politisierten, immer wieder hörte ich Mao Tse-tung, Mao Tse-tung.

Als sie zurückkehrten, fanden sie das Wasser zu warm, und auch ich fand das Wasser zu warm, und wir gingen durch die Erlen zurück zur Sauna. »Wie wär's, meine Herren«, fragte ich, »darf ich jetzt die Handtücher holen?« Sie schüttelten höflich die Köpfe, mein Gastgeber drückte mich mit sanftem Zwang wieder in den Dampfkäfig hinein, eine Pütz voll Wasser zischte gegen den irdenen Ofen, und abermals verabschiedete ich, was aus dem Körper hervorbrach. War es immer noch nicht genug? Wollten sie es auf die Spitze treiben?

Einer der stummen, wohlerzogenen Söhne kam mit einem Arm voller Saunabesen herein, sorgfältig geschnittenen Birkenreisern, die noch Laub trugen. Die Besen waren handlich, nicht länger als der Ellenbogen eines Mannes, und der Sohn verteilte die Besen und kletterte auf die oberste Bank, wo es nicht unbedingt heißer ist als in Luzifers glühender Residenz. Ich roch an dem Besen, er duftete nach frischem Laub. Lächelnd beugte sich mir mein Gastgeber zu und sagte sehr höflich: »Erlauben Sie, daß ich Ihren Rücken bearbeite und vorzugsweise die Stellen, die aus natürlichem Grunde schwer zu erreichen sind. Vorn, denke ich, können Sie es selbst besorgen. Es ist einfach: Man peitscht sich aus.«

Und mit dem letzten Wort zog er mir den ersten Schlag über den Rücken, so daß ich auffuhr und er mich beschwichtigend ansah. Kurz fielen seine Schläge, knapp aus dem Handgelenk; ich geißelte mich vorn, wedelte schlaff über meine Knie, wedelte vor meinem Gesicht, um mir Luft zuzuschanzen.

Dann bot er mir seinen Rücken an, ich schlug ihn beidhändig, klatschend fiel der Besen auf ihn nieder – es war nicht scharf genug, entsprach nicht dem Zeremoniell, und von neuem traf mich der erstaunte und unwillige Blick über die Schulter. Er entschuldigte sich bei mir, winkte seinen Söhnen und schärfte ihnen ein, ihre ganze Jugend in die Schläge zu legen; sie taten es, und mein Gastgeber krümmte sich in wohligen Schauern.

Erschöpft vor mich hin wedelnd, sonderbar angezogen von dem Abflußrohr, ergoß sich wiederum eine eiskalte Pütz Wasser über mich: Diesmal sprang ich nicht auf, keine Faust ballte sich, mein Wille war gebrochen. Ja, ich lächelte in wortloser Qual. Und als mein Gastgeber sagte: »Nun können wir die Handtücher brauchen«, nickte ich nur langsam, erhob mich zögernd und schwankte zur Tür und hinaus.

Wir frottierten uns gegenseitig zwischen den Erlen. Ich sah auf meine Uhr: Es war eine halbe Stunde vor Mitternacht. Wir rauchten, der Gastgeber verschwand noch einmal in der Sauna, und als er zurückkehrte, brachte er eine riesige Pfanne mit, in der, rötlich gedunsen, zwei armdicke Würste lagen. Der Gastgeber zerschnitt die Würste, verteilte die Stücke und holte einen ganzen Kasten Bier, und wir tranken das Bier und aßen die Würste und unterhielten uns interessant über die Sauna.

Wir standen lange zusammen, die Nacht war auf einmal warm, der Kapitän machte den Vorschlag zu fischen, und als wir das Boot losbanden, merkte ich, daß ich nur meine Turnhose trug und nicht mehr fror. Und ich spürte plötzlich noch mehr: eine vielfältige Wohltat, Leichtigkeit und vollkommene Erquickung und ein unbegreifliches Gefühl von Neugeborensein, wie sie nur eine Institution der Welt gewährt: die Finnische Sauna.

Die Autoren

Ewald Arenz, geboren 1965, studierte englische und amerikanische Literatur sowie Geschichte und publiziert seit Beginn der Neunzigerjahre. Für seine Werke wurde er mehrfach ausgezeichnet. Bei <u>dtv</u> erschienen seine Romane ›Der Duft von Schokolade‹, ›Der Teezauberer‹, ›Ehrlich & Söhne‹ und ›Das Diamantenmädchen‹.

›Camping‹ 30
   (Abdruck mit freundlicher Genehmigung
   des Verlags ars vivendi, Cadolzburg)

Dietmar Bittrich, 1958 als Kind Hamburger Auswanderer in Triest geboren, ist Autor und Herausgeber. 1999 erhielt er den Hamburger Satirepreis und verfasste Bestseller wie ›Das Gummibärchen-Orakel‹ (1996) und ›Böse Sprüche für jeden Tag‹. Mehr über den Autor unter: www.dietmar-bittrich.de

›Originelle Fotos‹ 220
   (Abdruck mit freundlicher Genehmigung
   des Hoffmann und Campe Verlags, Hamburg, Aus: D. Bittrich, Urlaubsreif. Hamburg 2006)

T. Coraghessan Boyle, geboren 1948 in Peekskill/New York im Hudson Valley, entdeckte seine Liebe zum Schreiben während des Geschichtsstudiums. Heute zählt er zu den bekanntesten und produktivsten amerikanischen Autoren. Für seinen Roman ›World's End‹ erhielt er 1987 den PEN/Faulkner-Preis. Er lebt mit seiner Familie in Kalifornien und unterrichtet an der University of Southern California in Los Angeles. Mehr über den Autor unter: www.tc-boyle.de

›Windsbraut‹ 51
(Abdruck mit freundlicher Genehmigung des Carl Hanser Verlags, München. Aus: T. C. Boyle, Zähne und Klauen. Erzählungen. Deutsch von Annette Grube und Dirk van Gunsteren, München 2008)

Alex Capus, geboren 1961 in Frankreich, studierte Geschichte und Philosophie in Basel. Er arbeitete als Journalist bei verschiedenen Schweizer Tageszeitungen und bei der Schweizerischen Depeschenagentur SDA in Bern. Alex Capus lebt heute als freier Schriftsteller in Olten, Schweiz. Bei dtv erschienen u. a. ›Fast ein bisschen Frühling‹, ›13 wahre Geschichten‹ und sein Bestseller ›Léon und Louise‹.

›Eigermönchundjungfrau‹ 88
(Aus: A. Capus, Eigermönchundjungfrau.
© 2019 Carl Hanser Verlag GmbH & Co.
KG, München)

Moritz Fichtner war Herausgeber verschiedener Literaturzeitschriften und schrieb Kurzgeschichten für Radio und Zeitung. Er starb 2010 in Braunschweig.
›Die Espe hat geflüstert‹ 129
(Abdruck mit freundlicher Genehmigung von Brigitte Fichtner. © 2013 Brigitte Fichtner. Aus: Urlaubslesebuch. Deutscher Taschenbuch Verlag GmbH & Co. KG. München 2012)

Daniel Glattauer, geboren 1960 in Wien, ist Journalist und Autor. Mit seinen beiden Romanen ›Gut gegen Nordwind‹ und ›Alle sieben Wellen‹ gelangen ihm zwei Bestseller. Zuletzt erschien seine Komödie ›Die Liebe Geld‹ (2020). Viele Jahre lang schrieb er für den ›Standard‹ Kolumnen, die sich mit der absurden Vergnüglichkeit unseres Alltags beschäftigten.
›Hitze, was nun?‹ 49
(Abdruck mit freundlicher Genehmigung

des Deuticke Verlags im Paul Zsolnay Verlag, Wien. Aus: D. Glattauer, Mama, jetzt nicht. Wien 2011)

Dora Heldt, 1961 auf Sylt geboren, ist gelernte Buchhändlerin und lebt heute in Hamburg. Mit ihren spritzig-unterhaltsamen Romanen führt sie seit Jahren die Bestsellerlisten an, ihre Bücher werden regelmäßig verfilmt. Mehr über die Autorin unter www.dora-heldt.de

›Der perfekte Sommer‹ 9
(Abdruck mit freundlicher Genehmigung der Autorin. © 2012 Dora Heldt)

Jess Jochimsen, 1970 geboren, lebt als Autor und Kabarettist in Freiburg. Seit 1992 tritt er auf allen bekannten deutschsprachigen Bühnen auf und erzählt dort meist lustige Geschichten, zeigt immer schlimmer Dias und singt oft traurige Lieder. Ausgezeichnet wurde er u. a. mit dem Kleinkunstpreis Baden-Württemberg und dem Swiss Comedy Award. Zuletzt erschien von ihm ›Abschlussball‹ (2017).

›Sein schönstes Ferienerlebnis‹ 84
(Aus: J. Jochimsen, Krieg ich schulfrei, wenn du stirbst?, Deutscher Taschenbuch Verlag GmbH & Co. KG. München 2012)

Wladimir Kaminer, geboren 1967 in Moskau, absolvierte eine Ausbildung zum Toningenieur für Theater und Rundfunk und studierte anschließend Dramaturgie am Moskauer Theaterinstitut. Mit seiner Erzählsammlung ›Russendisko‹ sowie zahlreichen weiteren Büchern avancierte er zu einem der beliebtesten und gefragtesten Autoren Deutschlands. Seit 1990 lebt er mit seiner Familie in Berlin. Weitere Infos unter: www.wladimirkaminer.de

›Ibiza‹. 19

(Abdruck mit freundlicher Genehmigung des Random House Verlags, München. Aus: W. Kaminer, Ich mache mir Sorgen, Mama. München 2004)

Arnold Küsters, geboren 1954, arbeitet seit dem Studium als Journalist für Hörfunk, Fernsehen und Printmedien. Er veröffentlichte zahlreiche Kurzkrimis und Kriminalromane. Als Musiker spielt er Bluesharp und Percussion in der Rockband »STIXX«, außerdem ab und an bei »Hier geht was« und der Kriminalautorenband »Streng geheim«. Arnold Küsters lebt mit seiner Familie am Niederrhein. Mehr unter www.arnold-kuesters.de und www.stixx-online.de

›Frühstück in Eutin‹ 145
(Abdruck mit freundlicher Genehmigung
des Autors. © 2011 Arnold Küsters)

Siegfried Lenz, geboren am 17. März 1926 in
Lyck/Ostpreußen, zählt zu den bedeutendsten und meistgelesenen Autoren der deutschen Nachkriegs- und Gegenwartsliteratur.
Sein Werk wurde mit zahlreichen Preisen und
Auszeichnungen geehrt, u.a. dem Goethe-
Preis der Stadt Frankfurt und dem Frie-
denspreis des Deutschen Buchhandels. Er
lebte bis zu seinem Tod am 7. Oktober 2014
in Hamburg.
›Unter Dampf gesetzt‹ 225
(Abdruck mit freundlicher Genehmigung
des Hoffmann und Campe Verlags, Hamburg. Aus: S. Lenz, Die Erzählungen.
Hamburg 2006)

Doris Lessing, 1919 als Tochter eines englischen Kolonialoffiziers in Kermanschah in
Persien geboren, ging mit dreißig nach Eng-
land, wo sie bis zu ihrem Tod lebte. Die Men-
schenrechte missachtende Politik der Apart-
heid prägte Lessings Werk zeitlebens. In
Deutschland gelang ihr erst 1978 mit dem

Roman ›Das goldene Tagebuch‹ der große Durchbruch. 2007 wurde sie für ihr Werk mit dem Nobelpreis für Literatur ausgezeichnet. Doris Lessing starb 2013 in London.

›Durch den Tunnel‹ 169
(Abdruck mit freundlicher Genehmigung des Klett Cotta Verlags, Stuttgart. Aus: D. Lessing, Erzählungen, Band 2. Die Frau auf dem Dach. Aus dem Englischen übersetzt von Adelheid Dormagen. Stuttgart, 1982)

Annette Petersen, Jahrgang 1964, ist Diplom-Geographin, Journalistin und Autorin und lebt mit ihrer Familie in Hannover. Neben dem Roman ›Luft und Lügen‹ und dem Kurzroman-E-Book ›Inselkind‹ hat sie zahlreiche Kurzkrimis in Anthologien veröffentlicht. Sie war 2008 nominiert für den Agatha-Christie-Krimipreis und ist Mitglied der »Mörderischen Schwestern« und des Syndikats. Mehr zur Autorin unter www.annettepetersen.de

›Million Dollar Mama‹ 104
(Abdruck mit freundlicher Genehmigung der Autorin. © 2011 Annette Petersen)

Jutta Profijt, wurde 1967 in Ratingen geboren. Sie arbeitete als Übersetzerin und Projektmanagerin, bevor sie sich sehr erfolgreich dem Bücherschreiben widmete. Für ihren Roman ›Unter Fremden‹ wurde sie 2018 mit dem Glauser-Preis ausgezeichnet. Zuletzt veröffentlichte sie unter dem Pseudonym Judith Bergmann den Kriminalroman ›Gerecht ist nur der Tod‹.

›Cappucino mit einem Fremden‹ 209
    (Abdruck mit freundlicher Genehmigung
    der Autorin. © 2010 Jutta Profijt)

Anne R. Ragde, geboren 1957 in Trondheim, Norwegen, studierte Sprachwissenschaften und schrieb 1992 ihren ersten Roman. Großen internationalen Erfolg feierte sie mit der Trilogie über die Familie Neshov (›Das Lügenhaus‹, ›Einsiedlerkrebse‹ und ›Hitzewelle‹). Zuletzt erschien ihr Roman ›Die Liebhaber‹ (2017). Sie gehört zu den am meisten gelesenen Autorinnen in Skandinavien.

›Regenferien in Norwegen‹ 34
    (Abdruck mit freundlicher Genehmigung
    der Autorin. © 2012 Anne B. Ragde.
    Deutsch von Gabriele Haefs)

Rafik Schami wurde 1946 in Damaskus geboren. 1971 kam er nach Deutschland, studierte Chemie und schloss das Studium 1979 mit der Promotion ab. Heute lebt er in der Pfalz. Schami zählt zu den bedeutendsten Autoren deutscher Sprache. Sein Werk wurde vielfach ausgezeichnet und in viele Sprachen übersetzt.

›Eine deutsche Leidenschaft namens Nudelsalat‹ 76
  (Aus: R. Schami, Eine deutsche Leidenschaft namens Nudelsalat und andere seltsame Geschichten. Deutscher Taschenbuch Verlag GmbH & Co. KG. München 2011)

Asta Scheib, geboren 1939 in Bergneustadt/Rheinland, arbeitete als Redakteurin bei verschiedenen Zeitschriften. In den Achtzigerjahren veröffentlichte sie ihre ersten Romane und gehört heute zu den bekanntesten deutschen Schriftstellerinnen. Sie lebt mit ihrer Familie in München. Bei dtv erschienen u. a. ›Frost und Sonne‹, ›Das stille Kind‹ und ›Das Schönste, was ich sah‹. Zuletzt erschien ihr Roman über den jungen Martin Luther: ›Sturm in den Himmel‹ (2016).

›Glück vom Odeonsplatz‹ 157
   (Abdruck mit freundlicher Genehmigung
   des Hoffmann und Campe Verlags, Hamburg. Aus: A. Scheib, Streusand. Hamburg
   2011)

Uwe Timm, geboren 1940, lebt als freier
Schriftsteller in München und Berlin. Zahlreiche Veröffentlichungen (Romane, Erzählungen, Kinderbücher, Essays), unter anderen
›Die Entdeckung der Currywurst‹ (<u>dtv</u> 25227,
2000), ›Rot‹ (<u>dtv</u> 13125, 2003) und ›Freitisch‹
(<u>dtv</u> 14152, 2012). Zuletzt erschien sein Roman ›Der Verrückte in den Dünen‹ (2020).
Uwe Timm zählt zu den wichtigsten deutschsprachigen Gegenwartsautoren und wurde
für seine Werke vielfach ausgezeichnet.
›Versuch über eine Ästhetik des
Spaghetti-Essens‹ 124
   (Abdruck mit freundlicher Genehmigung
   des Kiepenheuer & Witsch Verlags, Köln.
   Aus: U. Timm, Vogel, friss die Feige nicht.
   Römische Aufzeichnungen. Köln 1996)

Michal Viewegh, 1962 in Prag geboren, wurde nach abgebrochenem Wirtschaftsstudium,
einem Pädagogikstudium und einem Nacht-

wächterjob zum tschechischen Bestsellerau-
tor. Zuletzt erschien sein Geschichtenband
›Die Definition von Liebe‹ (2019).

›Der Schicksalswürfel‹ 192
(Abdruck mit freundlicher Genehmigung
des Deuticke Verlags im Paul Zsolnay Ver-
lag, Wien. Aus: M. Viewegh, Zeitweiliger
Orientierungsverlust. Liebesgeschichten.
Wien 2011)